La Couronne du serpent

Guillaume Perilhou

La Couronne du serpent

roman

Éditions de L'Observatoire

ISBN : 979-10-329-2737-3
Dépôt légal : 2024, août

170 *bis* boulevard du Montparnasse, 75014 Paris

à ma mère

Le récit qui suit est une œuvre de fiction inspirée
de faits réels et de personnages,
témoignages et documents historiques.

Rome a ses clefs ; Milan, l'enfant qui hurle encor
Dans les dents de la guivre.

Victor HUGO, *Les Orientales*

Il est bon assurément que le monde ne connaisse que le chef-d'œuvre, et non ses origines, non les conditions et les circonstances de sa genèse.

Thomas MANN, *La Mort à Venise*

En 2021, les documentaristes suédois Kristina Lindström et Kristian Petri réalisaient le portrait d'un homme maigre aux longs cheveux blancs. Interprète un demi-siècle auparavant du jeune Tadzio dans l'adaptation par Luchino Visconti de la nouvelle de Thomas Mann *La Mort à Venise*, Björn Andrésen apparaissait à mille lieues du firmament où le monde l'avait laissé. Ce roman est le sien.

Au commencement des choses, j'avais l'âge du Christ. Le phénomène est bien connu, décrit peu ou prou en ces termes par Rousseau : nous naissons deux fois ; l'une pour exister, l'autre pour vivre. C'est à la mort de ma mère que je me suis livré à l'art, et aujourd'hui je la remercie.

Donna Carla y voyait l'augure des lendemains radieux : ce soir, le ciel était rose. Le soleil couchant déteignait sur les nuages, bronzait ces pages où glissait l'ombre longue d'un cadran. Ces heures me sont toujours venues avec espoir ou sommation, aussi je peine à devoir fermer les yeux sur elles, mais la poésie s'éloigne à mesure que l'on vieillit. Un peu plus tôt, l'orage avait sali les statues de la terrasse ; derrière les vitres, les chiens s'impatientaient. À présent il se fait tard, tout le monde est couché sauf Uberta qui m'attend.

Sur la console, j'ai laissé une dernière lettre à Helmut qui doit à cette heure survoler l'Atlantique. Je veux suivre Montaigne et « quitter la vie de façon impeccable ». Au bout du couloir, derrière la porte de ma chambre ouverte, le grand miroir m'ignore. Je ne me distingue plus, je suis nu et j'implore.

Mon corps déjà refroidit. La fumée de la bougie sur laquelle j'ai soufflé pénètre mon nez, irrite mes yeux. Ne se dessine plus que *lui* tout entier dont je murmure la syllabe seule et boréale. J'ai souvent paraphrasé le poète : poser son regard sur la beauté c'est poser son regard sur la mort, deux extrémités d'une même corde qu'il me faut maintenant lâcher. Je m'en vais dans mon lit retrouver ceux qui ont passé dans mon chant.

Chapitre premier

N'eus-je pas une fois une jeunesse aimable, héroïque, fabuleuse, à écrire sur des feuilles d'or, – trop de chance !

Arthur Rimbaud, *Une saison en enfer*

Helsinki,
le 22 février 1970,
interview dans un salon d'hôtel.

« – Pourquoi voulez-vous d'un garçon finlandais dans votre film ?

– Je ne veux pas nécessairement d'un garçon finlandais, je veux un garçon blond aux yeux clairs. Et pour trouver un garçon comme ça je suis venu à Stockholm, à Helsinki, et je vais me rendre ensuite à Varsovie et Munich. Je cherche là où les cheveux blonds et les yeux bleus sont des caractéristiques raciales. Bien sûr, je ne peux trouver cela en Italie.

– Et les yeux verts, ça va ?

– Oui, les yeux clairs.

– Comment sélectionnez-vous les acteurs ?

– J'ai fait appeler de nombreux garçons ici, le plus possible. Ensuite je les vois un à un, et j'espère trouver le bon.

– Vous aurez des problèmes pour la langue...

– Non, car le personnage ne parle pas beaucoup. Il parle son propre langage, qui est le polonais dans le livre, mais ce pourrait être du finnois, du suédois, peu importe du moment qu'il parle une langue incompréhensible pour les autres personnages. »

Grand Hôtel de Stockholm,
le 19 février 1970,

Maria, *amore,*

Habemus angelum : la fumée peut s'envoler dans le ciel de Rome. Celui que je cherchais dans le monde entier depuis des années m'est apparu ce matin ; il aura fallu traverser la Hongrie et la Russie avant de le trouver ici, enfin. Il s'appelle Björn - je crois savoir l'orthographier -, venu accompagné de sa grand-mère qui, je l'ai compris d'emblée, veut faire de lui une célébrité. L'enfant est très blond comme le sont les Suédois, grand, trop pour ses quinze ans et ça m'embête, mais on oublie vite les défauts de ceux qu'on aime. Il est l'enfant de l'Aurige de Delphes et d'un tableau de Burne-Jones. Crois-tu que j'exagère ? Pas une seconde. Je ne connais pas un mot de sa langue et lui bien sûr ne parle pas la nôtre : en silence, il a d'abord marché. Pas un instant ses joues n'ont rosi, pas même quand je lui ai demandé de se déshabiller. De long en large, il a arpenté le salon de la suite et tourné sur lui-même après avoir enlevé son pull à col roulé. Tu aurais vu ses dents, *amore*, tu t'en serais pâmée, toi que la beauté a choisie, à qui tu as consacré ton art et ta vie. C'était moi alors qui m'agitais. Je t'adresse ces premiers mots à la cavalcade, dans l'excitation du chercheur d'or. Dans sa nouvelle, Mann écrit : « Aschenbach était assis là-bas, comme le jour où, pour la première fois repoussé du seuil, son regard avait rencontré le regard de ces yeux couleur d'aube. »

Mon périple doit m'emmener à Varsovie, Munich et Helsinki d'abord les jours prochains et je ne vais pas annuler, je vais m'y rendre pour être sûr. Pour que le visage de Björn terrasse tous les visages du monde. Cela doit te paraître, comme dirait Proust, bien salaïste ! Je suis pressé et dois redescendre, on m'attend. Adieu - à présent « il faut mettre tous ces petits papiers à la poste » (Chateaubriand). Je t'envoie mon affectueuse pensée et mon admiration inaltérée. Et comme toujours, je t'embrasse.

Fiévreusement,
Luchino

PS : Envoie-moi ta réponse à Rome que je trouverai à mon retour. Raconte-moi comment s'est passée la projection de *Médée*. Ce vieux Paso a-t-il été à ta hauteur ? J'ai hâte de voir le film, et plus encore de t'entendre de vive voix. Si tu sais combien je n'ai pu cacher ma réticence envers ce projet, j'espère que tu as pardonné ma franchise ; surtout, j'espère que je me suis trompé. Le rôle n'était-il pas trop lourd ? C'est dangereux, Médée au cinéma... D'autant qu'après tout c'est ton premier et Pasolini est un poète (assez bon, bien que trop considéré), pas un metteur en scène.

Les choses vont changer. Nanna vient de recevoir un coup de fil pour nous préparer à ce qui va se passer, nous disant que *Signor* Visconti avait apprécié ce moment, hier, au Grand Hôtel, qu'il va sans doute vouloir me revoir, que rien n'était encore totalement fait mais qu'on avait de la chance, que c'était sur la bonne voie. Tu te rends compte ! La fille parlait vite – j'avais décroché l'autre téléphone pour écouter en cachette sous l'escalier –, semblait dire J'espère madame que vous réalisez ce qui est en train de se passer, elle semblait un peu penser On donne de la confiture aux cochons ce gosse n'y comprend rien ne réalise pas la chance qu'il a mais bon je n'y peux rien c'est le choix du maître alors voilà. Nanna a raccroché folle de joie et s'est précipitée dans ma chambre. Tout de suite j'ai eu peur de ne pas y arriver, c'est vrai on ne sait jamais peut-être qu'il pense que je vais savoir faire et en fait non alors Nanna m'a dit Mais t'inquiète pas enfin réjouis-toi ! c'est de la joie ! Tu n'auras pas beaucoup de texte de toute façon, ça se jouera sur les mouvements, la dame dit qu'il s'agira surtout de regards, des regards que l'on t'adressera et que tu rendras ou pas.

Pour la première fois Nanna n'était plus ma grand-mère mais une gamine, on aurait dit ma petite sœur, j'ai cru qu'elle allait se mettre à sauter sur mon lit elle applaudissait criait me serrait contre elle, Oh là là c'est pas vrai, c'est pas croyable elle répétait, Oh là là mais tu te rends compte on va aller en Italie ! tu te rends compte tu vas devenir célèbre mon petit ! Ah oui mais attention, je te le dis tout de suite au cas où j'oublie, Monsieur Visconti a insisté : désormais, tu ne mets plus un pied dehors. Interdiction formelle de croiser le moindre rayon de soleil d'ici le tournage. Je sais bien qu'on ne risque pas grand-chose ici mais en arrivant il nous faudra faire attention, pas de lunettes pas de chapeau pas de crème solaire, rien, pas besoin : pas un pied dehors. Il faut que ta peau reste blanche, parfaitement blanche. La pureté, il a dit, la pureté !

Varsovie,
le 26 février 1970,

Mon cher Helmut,

Comme toujours, je suis parti en voyage avec *La Mort à Venise*, un tome de *La Recherche* (le dernier cette fois) et *Les Faux-Monnayeurs*, de Gide. La tentation, la famille et le déracinement. Je ne réussis pas à me départir de cette manie : quelque chose me manque si je voyage sans eux. Sous leur couverture de cuir rouge, ces trois volumes sont devenus des gris-gris ou porte-bonheur ; c'est quand je les oublie que l'envie de les rouvrir me prend. Une fois le nez dedans, je respire de nouveau. Cette fois, j'ai aussi mis *Lolita* dans mes bagages.

Son enfance à l'abri des châteaux enneigés et enfouis de l'Empire qu'il a fui me rapproche de Nabokov, aussi je compte lui écrire à mon retour pour le rencontrer. Milan n'est pas loin du palace de Montreux où il vient régulièrement, il n'est pas encore trop tard. Stupides sont ceux qui n'ont pas vu dans son chef-d'œuvre la subtilité des grandes âmes. Ce qui me surprend davantage est que le génie russe méprise l'œuvre de Mann - celle de Mann comme celle de Faulkner ou de beaucoup d'autres - et parle de « La Montagne comique ».

Gustav von Aschenbach aurait pourtant pu formuler tant de mots d'Humbert Humbert, lis plutôt : « Il advient parfois que de jeunes vierges, entre les âges limites de neuf et quatorze ans, révèlent à certains voyageurs ensorcelés, qui comptent le double ou le quintuple de leur âge, leur nature véritable. » Peut-être donnerai-je au personnage de Tadzio une couleur que l'on ne perçoit pas dans le livre, ou trop peu. Un jeune garçon qui aimerait au fond, sans se l'avouer, entrer dans le jeu, flirter un peu. Pas consciemment ni directement, rien ne doit être franc, mais d'un regard seulement.

Humbert Humbert encore : « Après tout, Dante n'aima-t-il pas sa Béatrice alors qu'elle avait neuf ans à peine »... J'ai tenu bon face à l'un des producteurs qui voulait imposer une fille à la place de Tadzio et j'en suis heureux. C'était fondamental, mais le pari est-il trop risqué, Helmut ? Question rhétorique adressée à celui que j'ai, à l'âge de vingt ans, fait Œdipe doublé d'un nazi pédophile. Mais le plus merveilleux des nazis pédophiles !

In Liebe,
Deiner Luchino

Stockholm,
le 20 février 1970,

Maman,
Tu es partie pour que je grandisse, mais j'entends ta voix enfermée dans mon oreille.
Hier matin, j'ai rencontré un réalisateur italien. Nanna m'a dit Mon chéri il faut absolument que tu passes cette audition-là, elle le connaît bien Nanna, enfin ses films pas lui personnellement, elle dit que c'est un maestro, le plus grand maestro d'Italie, alors on est allés au Grand Hôtel où il recevait. La veille j'ai mis du temps à m'endormir, j'avais hâte de venir. S'il me prend, on ira en Italie.
Grand Hôtel ou plutôt immense hôtel, immense suite. Il y avait là d'autres gars à attendre, on faisait la queue mais c'était rapide, on m'a vite fait entrer dans sa chambre où il était assis au fond, sur un canapé, à côté d'une dame. Il m'a demandé mon âge, il parlait français à la dame qui devait l'être, française, j'ai compris qu'il me trouvait grand il l'a dit d'emblée, Il est très grand pour son âge ! Il disait aussi Il est très beau et m'a demandé de tourner la tête, il faisait des gestes pour m'indiquer ce qu'il voulait pendant que la fille traduisait en

suédois, Tu as des photos il m'a demandé, tu as des photos ici avec toi ? J'ai fait non de la tête et senti sa déception dans la voix. La fille m'a dit ensuite qu'il voulait me voir marcher de long en large dans la pièce pour voir si je savais le faire, marcher, comme les mannequins sur un podium, je me sentais con et en même temps c'était marrant, *Quanto è alto* il s'exclamait *quanto è alto* comme il est grand ! *Molto bello* il continuait *molto bello* je devais regarder la caméra, regarder et sourire. Il a demandé à la fille Quel âge a-t-il, déjà ?

Je crois que ça s'est bien passé, enfin j'espère. Il y a des jours où la vie passe si lentement que certains ne contiennent pas assez de temps, ces jours où l'envie de grandir me ferait tout donner pour être adulte enfin, libre et grand enfin. J'ai envie d'en découdre !

Tu me manques, mais tu t'en doutes,
B.

Varsovie,
le 27 février 1970,

Maria,

Je t'écris aujourd'hui depuis le froid de Pologne où j'ai visité plusieurs écoles de garçons de la capitale. Toutes ces têtes blondes m'ont laissé presque indifférent malgré le plaisir pur et sûr qu'ont certains de jouer. Accueilli cérémonieusement, applaudi longuement, j'ai passé une journée agréable et déroutante. Il est difficile de se rappeler le temps de leur âge, de se mettre à leur place. Ils m'observaient en silence. Qui est ce vieil homme ? Quelle était sa jeunesse à lui, il y a mille ans, sous le soleil de l'Italie ?

La neige me rappelle Kitzbühel où je skiais, fringant trentenaire, et où j'ai rencontré la princesse Irma von Windisch-Graetz. La main de « Pupe » heureusement me fut refusée. T'ai-je déjà parlé d'elle ? Sa beauté autrichienne me fascinait ; pendant des mois je ne vécus que dans l'espoir de notre union. Je lui écrivais des lettres en italien - je ne sais si leur sens lui parvenait - auxquelles elle répondait en allemand que chez nous seule ma mère parlait. Comment aurait-elle pu se douter qu'elle serait un jour réincarnée sous les traits d'une comtesse désœuvrée, jalouse des prostituées que fréquente son mari, décidée à son tour à se faire payer - sublime Romy. Seulement j'étais trop oisif pour le prince Hugo son père, trop radical aussi, artiste au fond ou peut-être devinait-il ma relation future avec Horst, rencontré chez les Noailles en 1936. Horst et moi étions nés la même année et avec lui je découvrais le désir d'un corps... Comme je l'avais été par l'esthétique allemande avant la guerre, il était fasciné par les statuaires grecques qu'il obombrait dans ses clichés.

Mon esprit est si obsédé par l'enfant suédois que ce voyage n'a plus de sens. Je reprends l'avion demain, à jamais romipète - peut-être as-tu déjà adressé via Fleming une réponse à ma dernière lettre, aussi excuse-moi si c'est le cas de ne la prendre ici en compte. Envie d'être à Venise afin de commencer le tournage au plus vite. Il me tarde tout autant de retrouver les rives du lac de Côme : la Villa Erba me manque cette nuit.

Voilà soixante-dix ans exactement que Carla Erba, ma mère, a décliné la demande en mariage de Pierre de Serbie. Donna Carla était déjà souveraine, non pas des Serbes, des Croates et des Slovènes, mais d'elle-même et de ses envies. Elle a choisi don Zizi, Giuseppe Visconti di Modrone, duc de Grazzano Visconti, Giuseppe mon père et sa beauté que même la reine Elena avait admirée, feu Jelena de Monténégro, la mère d'Humbert II, le dernier roi d'Italie que j'ai à mon tour aimé. L'inclination de mon pauvre « roi de mai », roi trente-cinq jours avant la victoire du oui au référendum qui enterra la monarchie, était connue du Duce qui avait constitué tout un dossier pour le faire chanter - je devais ainsi, moi aussi, figurer dans les petits papiers de Mussolini. Durant la guerre, la complicité de son père, Victor-Emmanuel III, à l'égard du régime - qui, croyait-il, pouvait encore sauver la maison de Savoie - valut à Humbert d'être surnommé « le prince fasciste ». Mais la gauche s'était elle aussi, depuis les années vingt déjà, emparée des amours de l'héritier. Le socialiste Pietro Nenni haranguait la foule : « Voulez-vous d'un roi pédéraste ? » Victor-Emmanuel mourut le lendemain de l'avènement de la République.

Suis-je devenu fou à parcourir le monde ? Je lis les critiques : Visconti filme la décadence, s'attache au lustre qui pâlit, aux fissures des murs qui craquellent ; Visconti a renoncé à ses ambitions, à la défense des démunis ; le rouge du comte n'est plus si vif qui s'efface dans les étoffes de son passé. Peut-on encore le croire communiste ? Ah, Maria ! je voudrais tout balayer.

Veux-tu bien pardonner ces pleurnicheries. Tu as bien plus que moi dû subir les affres de la presse, de ses mouvements de foule ; il me suffit de repenser au 2 janvier 1958, ce soir qu'on te rappelle sans cesse où tu as arrêté Norma en plein concert. Tu as estimé ne pas être en mesure de chanter, ne pas être à la hauteur de tes ambitions ni de celles de Bellini et eu raison de tout faire cesser, de planter là le monde qui attendait, les invités venus de loin, les stars comme le président. Le public de Rome t'a huée, la critique t'a conspuée et tu réussis à dire que tu ne leur en veux pas... Depuis ton premier soir à la Scala, j'ai su que personne ne t'arriverait plus à la cheville. Seules deux ou trois cantatrices de ton niveau ont vécu avant toi ; c'est bien cette conviction qui m'a poussé à me battre pour t'y faire entrer. Ce ne fut pas chose aisée - il m'a fallu lutter ! -, mais qui pourrait aujourd'hui me le reprocher ? D'une chanteuse empâtée façon Montserrat Caballé j'ai fait de toi une diva touchant les cieux. (Remercions les remèdes de nos grands-mères : les vers solitaires seraient seulement répugnants s'ils n'étaient si profitables.) Puisses-tu pardonner mes excès et mes colères - même si je crois n'avoir avec toi jamais trop cédé à ce démon-là, peut-être ai-je tort, aussi si c'est le cas, si tu gardes une rancœur, dis-le moi. J'entends ici et là que tu aurais eu du mal à accepter mes amours, mais je n'en crois pas un mot. Sans doute n'est-ce qu'une rumeur - venue de Meneghini ? tu connais ton ex-mari... Ta confiance à mon égard et ta complicité avec mon petit Zeffirelli prouvent le contraire. Bref, tu es la Callas, tu fais ce que tu veux. Il m'a moi-même fallu du temps pour ne plus voir dans mes désirs le spectre d'une malédiction.

J'arrête avec mes bavardages, peut-être ont-ils raison, peut-être que je m'obstine, que je ne sais finalement faire que ce que je connais. Peut-on ambitionner davantage ? Pendant l'écriture de *Mort à Venise*, ce n'est pas à la mère de Tadzio que je pensais, ni à celle de Thomas Mann, mais bien à la mienne, ma mère que j'avais lue plus tôt dans l'Angelica de Lampedusa. Silvana Mangano fera de donna Carla le double parfait. Je pense à nos vacances sur la plage du Lido quand nous prenions, aux premiers dards de l'été, possession de nos cabines ; quand le soir tombant, entourée de son armée de gouvernantes, elle m'appelait alors qu'au loin, bercé par les flots, je peinais à l'entendre. Ma mère à l'abri de son ombrelle, voix sourde et perdue parmi les vents.

Ta *Casta Diva* me berce et je tombe,
L.

On m'a dit qu'écrire pouvait faire du bien, Écris un journal tu vas voir ça te fera du bien et moi je disais Vous n'avez pas honte de vouloir que j'aille bien alors que ma mère est morte ? Vous voulez que j'écrive comme les stars de la télé qui déversent leurs malheurs dans des livres qu'on prend pour de la littérature ? Je dubitais mais enfin je me suis dit après tout pourquoi pas, on verra bien ça ne mange pas de pain.

Elle a laissé un mot avant de mourir - pour l'instant je ne veux pas savoir comment elle s'y est prise - dans lequel elle parle de feux à éteindre, et dit qu'elle reviendra me chercher. Peut-être que la peine sera un jour si forte que je me balancerai à mon tour, que je ne supporterai pas, pour l'instant ça va la preuve j'écris ces lignes mais après qui sait, peut-être qu'elle me tombera dessus sans prévenir, la peine, et en même temps les absents n'ont pas toujours tort, se barrer quand on en a marre est une liberté à laquelle on devrait tous penser et puis y a qu'à voir les vieux qui attendent de caner d'eux-mêmes et qui mettent des plombes, c'est pas beau à voir, moi aussi j'espère que je n'attendrai pas pour mourir. Bref, c'est mieux de prendre les choses en main, un jour je dirai Bravo Maman c'est bien toi qui avais raison, puis tous les cons... C'est ça qui me tue je crois moi, de penser à tous les cons qui me restent à voir avant de te rejoindre. Tu étais sagement allongée dans ton cercueil avec ton blouson de cuir rouge dont tu étais fière et qu'on a voulu te mettre parce que vraiment t'en étais fière, tu crânais même, avoue, fière de l'avoir acheté cher mais c'est vrai qu'il t'allait bien. Les gens défilaient mais tu étais très blanche, trop, désolé mais ils ne t'ont pas assez maquillée, certains ont mal fait leur boulot alors on ne restait pas longtemps devant toi parce que c'était gênant on ne te reconnaissait pas, pas vraiment, c'était toi mais trop morte, tu me diras ça évitait la queue. Y avait plein de gens, c'est le seul truc qui m'a plu - j'exagère, pas que, le piano c'est tire-larmes mais c'est beau, ça fonctionne, bonne idée aussi d'enlever les croix, je ne savais pas qu'on pouvait faire ça, un enterrement dans une église sans Dieu, c'est sympa de sa part à Dieu de nous prêter le lieu à nous aussi les athées, enfin pas bête la guêpe, prosélyte, doit se dire que ça donnera envie à certains de revenir voir une fois, pourquoi pas pour une messe tiens, au hasard, voir ce que ça fait quand Jésus Marie Joseph sont là et se faire toucher par la grâce de mon cul les enflures. Pas de portrait ni de photos, tu détestais ça et puis sur les rares qu'on a de toi tu fais la tronche, demi-sourire et regard timide, tu n'étais jamais vraiment là. Non, seulement des fleurs qui sentaient fort, des lys pour ton côté princier sans doute - je déconne je sais ça n'a pas de sens, un jour tu m'avais dit que chez ta tante il fallait toujours « faire chic » et tu trouvais ça plouc, il fallait que les meubles soient assortis et tu ne voyais pas pourquoi il le *fallait*, toujours que le canapé soit assorti au fauteuil du salon et les guéridons deux par deux -, je ne sais pas qui les a apportés ces lys mais quelqu'un qui ne te connaissait pas, ils étaient légion après tout, bref c'est clivant les lys on ne sent qu'eux, on ne sent plus qu'eux à la fin j'en avais plein le nez, le mec qui apporte des lys à un enterrement doit s'adorer. On admirait ton blouson de cuir rouge et on se disait qu'on t'aimait, combien on t'avait aimée et combien on s'en voulait aussi de n'avoir pas su t'empêcher. Comment t'as pu nous laisser en plan comme ça ?

Je suis chez Nanna maintenant, au début elle m'avait envoyé à Copenhague dans un pensionnat, on change tout on oublie tout on part au loin, table rase du passé nouvel air nouveau décor mais ça n'a pas fonctionné, je ne supportais plus je me suis vu sombrer et me suis enfui, je ne sais pas désormais ce qui va se passer, comment savoir comment faire sans sa mère, c'est pas dans l'ordre des choses, je me sens vieux d'un coup, très très vieux comme Nanna je sens la naphtaline, la soupe et la lavande, je vais trop me faire chier, chier à en mourir comme toi, mourir d'ennui de tout même de nous, de tes gosses et de ta mère, c'est dingue, dingue comme toi aussi sûrement, on ne se tue pas sans être dingue enfin je ne sais pas je n'en sais rien on n'en sait rien mais c'est ce qu'on dit, faut pas écouter ce qu'on dit on entend beaucoup de conneries, rien d'important mais ta main qui nous salue devant l'école, une dernière fois pour toujours devant mes yeux.

Rome,
le 21 octobre 1969,

Helmut,

Reviens ! L'avant-première des *Damnés* à New York a lieu dans une semaine, aussi il nous faut prendre l'avion lundi au plus tard. D'ici-là repose-toi – la tournée s'annonce marathonienne. Des rencontres avec des journalistes sont prévues dès 9 heures et jusqu'à minuit. Bernstein et Warhol nous attendent avec qui l'on restera quelques jours – Andy m'a parlé du Glory Hole, club dont il t'a fait faire une carte de membre que tu sauras, je n'en doute pas, rentabiliser – avant de gagner Chicago, puis la Côte Ouest. Avant cela, nous nous arrêterons dans le New Hampshire : j'ai loué un ranch, rien que pour nous deux. Je sais qu'une pause me sera nécessaire au beau milieu de l'inculture américaine.

On me dit que tu ne sors pas de La Colombaia. Toi, Helmut Berger, aurais donc peur des rues d'Ischia ? peur qu'on te reconnaisse, qu'on te confonde avec Martin von Essenbeck, folle flamboyante et nazie dont tu as su à merveille singer les traits, gestes et manières ? Qu'ils te confondent bien s'ils veulent. Que le film soit censuré à peine quelques jours après sa sortie en Italie est une bonne chose. Tu le sais bien, dans le fond, que c'est une bonne chose. On crie à l'inceste, à la pédophilie, au fascisme auréolé de romantisme... Bêtises. Mais enfin, tout le monde n'a pas lu Shakespeare ni les *Buddenbrook*. Tu es devenu une star, Helmut, et c'est ce que tu voulais ! À toi désormais de ne pas nager dans les abysses.

Dois-je te rappeler ce dont tu es capable ? Tu as baisé la femme de Delon pour le rendre fou ! Je ne filmerai plus Alain, puisque c'est ce que tu me demandes... Tu as pourtant tort de toujours le considérer comme ton rival ; *Le Guépard* me semble déjà loin. Je n'ai plus d'yeux que pour toi seul qui dois me croire si tu ne veux pas te perdre.

Je t'adore, mon petit ange. Ne roule pas trop vite et dépêche toi,

Ton Luchino

PS : Si je suis certain que ce film rencontrera le succès, je ne peux toujours pas m'habituer à la musique imposée. Je veux dès à présent m'assurer auprès des producteurs que je pourrai utiliser celle de Gustav Mahler dans le prochain, que l'on m'a pour l'heure refusée. Son adagietto s'imposera d'autant plus que c'est à lui, Mahler, que Mann pensait en dessinant les traits de Gustav von Aschenbach. Et puis on n'a pas encore fait mieux pour mourir, ni à Venise ni ailleurs.

Pappa !

Je glisse ce mot sous ta porte – tu as dû sortir faire des courses. J'ai eu du mal à croire les voisins qui m'ont appelée, mais je suis venue voir et ai moi-même senti le gaz depuis l'autre bout de ton couloir. C'est flippant ! Rappelle-moi au plus vite.

Ta solitude a trop duré, mais ne t'inquiète pas, je vais t'aider. J'ai de la force pour deux. Aussi, il est temps que tu me racontes. Peut-être par courrier ? Un jour, il y a longtemps, tu m'avais dit Écrire nous convient mieux que parler.

Puss puss,
Robine

Lettre envoyée à Maria hier soir, avant de dîner à l'hôtel. Conversations usuelles, pensées éparpillées et toujours à l'après-midi de la rencontre. La grand-mère du petit n'était pas loin qui attendait derrière la porte - pourquoi ne pas la faire jouer ? Elle veut faire de lui une étoile et c'est ce que je souhaite aussi. Qu'elle prenne sa part du « deuil éclatant du bonheur ».

Cette femme m'a fait penser à Anna et sa Villa Nuova, Anna ma grand-mère, l'épouse du duc Guido, sauveur de la Scala. Mon grand-père aimait tant l'Opéra de Milan qu'il avait demandé qu'à sa mort les murs de la chapelle de Grazzano soient ornés du même damas rouge. L'assurance de sa position - l'argent qu'il donnait à l'institution - l'autorisait à faire rire la galerie : il fit irruption un soir sur scène parmi les danseuses d'un ballet, et la salle à ses dires hurla de rire.

Mes adelphes et moi-même étions élevés dans une appartenance certaine : nous savions qui nous étions. Avec Edoardo nous jouions les après-midi d'été sur les rives du lac de Côme, où tout, écrit Stendhal, « est noble et tendre, tout parle d'amour, rien ne rappelle les laideurs de la civilisation ». Dans les jardins de la Nuova - aujourd'hui Villa Gastel -, les statues nous cachaient. Nus, poudrés de talc, nous imitions les marbres immobiles. Comme des automates, nous nous remettions en marche quand passait un promeneur sur le chemin qui longeait. Nous riions de son effroi, puis courions nous baigner. « Excellences, attention ! » nous lançaient les valets à notre retour : le talc se répandait sur les tapis du grand hall. Nous traversions le péristyle qui menait à un hall immense et carré, église tapissée de stucs, coiffée d'un toit de verre que le soleil chauffait, avant de monter. Là-haut, la salle de bal me semblait plus grande encore, semblable à celle de la via Cerva, le palais de mes parents à Milan. Celle-ci avait la particularité d'être surmontée d'un corridor qui rejoignait ses quatre coins, d'où l'on pouvait derrière les trompe-l'œil observer sans être vu les invités danser. Mes souvenirs de prime enfance veulent que le château, célèbre depuis le XVIIIe siècle pour la richesse de ses décors, ait été si grand que je m'y perdais. La capitale de la Lombardie regorgeait de *palazzi* érigés sur les ossements des vaincus. Derrière les façades discrètes, on découvrait d'abord leurs jardins plantés des conquêtes de leur passé. Milan permettait de sentir que nous appartenions à la ville, et que la ville nous appartenait. Le château des Sforza, édifié en son centre par le duc François au XVe siècle sur les ruines de la citadelle de nos ancêtres seigneurs, était orné de fresques peintes de la main de Leonardo. Nous étions suzerains d'un monde que l'on ne pouvait plus qu'imaginer. Dans la tranquillité des murs épais, tout priait pour la mémoire de notre règne, des portraits au mobilier. Les banquettes aux tapisseries d'or s'endormaient au rythme des pendules. Les vitrines protégeaient nos reliques, elzévirs et sceaux séculaires, manuscrits et archives de la Renaissance au Risorgimento. Les salles aux plafonds à caissons se répondaient en enfilade où seul résonnait l'écho de nos talons. Entre les rideaux de velours, les poussières voletaient dans les rayons de lumière.

À Cernobbio, nous passions pour regagner nos chambres par différents salons et bibliothèques qui tous donnaient sur le lac ; les lustres de Murano blondissaient les marqueteries des parquets et les tableaux du XVIIe que nous ne remarquions plus, paysages et portraits d'illustres Milanais qui nous étaient tous liés, de près ou de loin, originaux ou copies de Leonardo signées de la main de mon père si habile que la reine Hélène n'y voyait que du feu. Nous redescendions après nous être changés, gagnions les cuisines voler un bout de pain à la barbe des cuisinières obligées au sourire, celui que le pouvoir et l'histoire de notre famille appelaient. Nous dominions les autres et le brouillard de Côme.

Avant la guerre, qui allait réduire notre train de vie, les domestiques paraient leur mission d'une solennité sacramentelle. En livrée jaune et noir, ils servaient l'argenterie en gants beurre frais sur des nappes brodées au point d'Irlande. Ma mère et mes sœurs dînaient en robe longue, légères ou épaisses selon les saisons, modelées au rythme des élégances, qu'elles faisaient couper selon leurs dessins. Vêtue d'une traîne de jais uni ou brodée de perles, ma mère éclairait la nuit ; un polissoir en écaille de tortue avait limé la nacre de ses ongles. Mon père portait un smoking quand mes frères et moi étions vêtus de simples costumes en velours et chemises de soie - l'enfance autorisait le confort. Si Carla aimait voir dans les cheveux de ses filles des rubans et à leurs jambes des bas de laine colorés, elle préférait ses fils dans un maintien plus libre que celui dans lequel elle avait été elle-même élevée. Giuseppe arborait une moustache à la française, et comptait sur une garde-robe aussi riche que celle de sa femme voire plus encore. Le duc s'employait à faire montre de sa position, mais précisait que l'allure n'était pas qu'une simple affaire d'argent. Par la recherche de ses associations, qu'il pouvait changer trois fois en une journée, mon père affichait un sens mûrement pesé du style.

Le lendemain, nous reprenions nos jeux avec Edoardo ou Luigi, bicyclette, courses ou baignades accompagnés des chiens - nous en avions chacun au moins un - qui strictement obéissaient à ma grand-mère. Nous nous rendions ensuite aux courses en compagnie des amis. L'agitation de l'hippodrome m'exaltait et je n'ai pas de souvenir d'enfance plus heureux que les victoires de nos chevaux. Je me demande souvent pourquoi je les ai délaissés, tant leur silence me convenait. Je les ai jeune homme chéris, dressés, pansés ; j'ai pensé faire d'eux ma vie. J'ai construit une écurie, débourré de jeunes hongres, dormi à leurs pieds les veilles de course. J'ai remporté celle de Saint-Moritz en 1929, les Grands Prix de Milan et d'Ostende avec Sanzio, cheval dont on m'avait dit que je ne ferais rien... J'avais alors quitté le théâtre pour une vie monacale : levé à 4 heures du matin, couché à 8 heures du soir. Sans doute ai-je appris aux côtés des chevaux à diriger les acteurs, pur-sang dans leur genre, capricieux et fragiles, tantôt fins et dociles, tantôt bornés. Il faut autant de patience que d'obstination pour les aider à exprimer la vérité d'un caractère et la force d'un sentiment. La passion nous fut transmise par notre mère une fois Giuseppe parti au front : il eût été trop dangereux pour les nerfs de don Zizi de nous voir ne serait-ce que sur le dos d'un âne. La liberté de Carla, au contraire, trouvait son écho au galop – cette même liberté l'autorisait à sourire de l'observance de mon père et de sa famille, fieffés « papistes ».

À la fin des années vingt, la mode voulait aussi que les jeunes hommes bien nés s'affrontent sur les circuits automobiles. Nous avions acheté une Lancia Spider rouge vif pour le circuit de Monza, au nord de Milan. Ce jour-là, j'avais décidé de participer malgré les remontrances de mon père qui m'intimait de renoncer face à la brume. Je pris le volant aux côtés de Macerati, le chauffeur de Zizi que je forçai à monter – il ne voulait plus en être et tenta de me dissuader à son tour. Quelques minutes après que nous avions quitté Grazzano, une charrette de foin nous barra la route ; la voiture fit plusieurs tonneaux, tuant Macerati sur le coup.

Mon frère Guido avait, quelque temps plus tôt, épousé une femme qu'il avait rejointe en Libye. Aussi je décidai, écoutant cette fois mon père, d'embarquer pour Tripoli où j'espérais trouver l'oubli. De là, avec Touareg et porteur, j'ai découvert l'Afrique du Nord, le Sahara et les fresques de Tassili dans un émerveillement si grand que j'en pleurai. J'ai longtemps pensé que ces gravures, peintes dix mille années plus tôt, splendeurs d'un désert dont je reverrai au moment de ma mort le soleil, m'avaient pardonné.

Cannes,
le 23 mai 1971,

Maman,

Projection devant un parterre de stars, tonnerre d'applaudissements avant une conférence de presse où je n'ai rien compris. Mais tout le monde me complimente de tous les côtés ! Qu'il est beau bravo monsieur bravo jeune homme vous irez loin. Et puis... j'ai parlé avec Romy Schneider. Luchino la connaît, je t'ai dit qu'il connaît la terre entière. Je t'ai dit aussi que la reine d'Angleterre était là lors de la première, à Londres, il y a quelques semaines ?

Ce soir, Luchino et Dirk ont prévu de m'emmener avec eux. M'étonnerait que ce soit un truc pour Nanna, j'ai cru comprendre qu'ils voulaient faire la fête toute la nuit !

Je t'embrasse,
Björn

Cannes,
le 6 juin 1971,

Mein Schatz,

Le festival s'est achevé sans toi à mes côtés. Je suis resté ici, face à la Méditerranée, pensant que des vacances seul me feraient du bien. J'ai souvent le regret de la vie légère. La vieillesse me laisse glisser : aurais-je été heureux, plus heureux ? Luchino, marié, trois enfants ? Une vie bourgeoise sans remous ni remords. Foutaise ! je suis fatigué.

Je profite de ces jours français pour lire les journaux. *Les Damnés* fut un vrai succès de ce côté des Alpes, aussi je vois bien que ma *Mort à Venise* n'est pas éclairée des mêmes feux. On me dit que certains s'attendaient à un film policier ! On ne devrait jamais trop présumer de la subtilité de nos cousins. J'ai reçu le prix du vingt-cinquième anniversaire du festival lors de la clôture, pour ce film et pour les autres, « l'ensemble de mon œuvre »... Une façon de noyer le poisson ? Orson Welles, pour le vingtième anniversaire, voyait son seul *Falstaff* couronné. *La Croix* trouve mon film « parfois long ». Dans *L'Express*, François Nourissier est moins timide qui assure qu'il est « si lent qu'on s'y ennuie un peu. Si l'œil se lasse, l'attention s'envole. » A-t-on perdu la faculté de se concentrer ? Peut-on encore considérer le cinéma comme autre chose qu'un objet de divertissement ? Je les emmerde ! Bien sûr, une remarque sur Aschenbach, avec qui l'on « n'a pas tous à partager la même transe » à l'égard de Tadzio, ou quelque chose de ce goût. À chaque fois, on a beau se dire qu'on s'en moque, que l'importance est la justesse, que l'on n'est toujours que le seul juge de son travail - Mann écrit dans *Tonio Kröger*, aussi biographique que sa *Mort* : « Il n'y a pas au monde de problème plus angoissant que celui de la production artistique » -, la réception est une épreuve. Il y a six ans, la veille de la projection de *Sandra* à Venise, j'en ai vomi. Tout le monde m'attendait après la Palme d'or du *Guépard*... Mais si la victoire du Lion d'or fut tiède, c'est qu'elle m'était déjà acquise : Antonioni l'avait eue l'année d'avant et l'on savait que j'aurais dû la recevoir cinq ans plus tôt, en 1960, pour *Rocco*. À la place, *Le Passage du Rhin* d'André Cayatte fut couronné, film dont personne ne se souviendra dans vingt ans, et j'obtins un Grand Prix du jury de consolation. J'accepte avec bonheur les honneurs qui me reviennent, mais la Terre tournerait sans doute plus rond si l'on cessait de prendre l'art pour un champ de course.

Par ailleurs, je me suis accroché avec Nicole Stéphane. La productrice de ma *Recherche* a financé l'année dernière un très beau film de Marguerite Duras, mais je crains qu'elle ne manque de courage. Mes repérages en début d'année en Normandie étaient pourtant encourageants... La gare d'Houlgate, idéale, ou le Grand Hôtel de Cabourg qui fermerait un an pour nous. À Paris, l'hôtel Pozzo di Borgo, rue de l'Université, et le musée Jacquemart-André formeraient à eux deux les décors de l'hôtel de Guermantes pour un film noir et bleu.

Mais enfin, nous verrons bien. On me reproche un budget qui dépasse pour l'heure les vingt millions de dollars, mais l'argent de Nicole, née Rothschild, n'est pas ce qui manque ! Et sa durée, toujours cette foutue question de la durée - cinq heures et demie. Il m'est, tu l'imagines, inconcevable de ne pas être à la hauteur de l'ambition.

À ce propos, j'ai revu le *Médée* de Pasolini, de nouveau ici pour quelques jours au cinéma... Et je le dis sans fierté : mes craintes étaient justifiées. J'avais exprimé mes doutes, dit à Maria que c'était trop risqué, aussi je pense qu'elle fut trop peu guidée. Ce n'était pas pour elle, pas pour débuter - quel manque de respect pour la Callas. Paso est égoïste, je ne suis pas surpris, il a pensé d'abord à lui. Sur le moment, je me suis dit que notre film aurait été mieux, évidemment mieux, le film que je voulais sur Puccini. Elle avait dit non, ne voulait pas jouer une cantatrice, se jouer elle-même, se singer, ne pouvait interpréter ce qu'elle était, cela disait-elle n'aurait pas été un jeu mais une exhibition, vulgaire donc, et peut-être avait-elle raison. Peut-on jamais gravir une autre montagne que celle au sommet de laquelle on s'est hissé ? Maria ne sera jamais que la Callas, incapable de se plaire, aveuglée par sa lumière. Le film, reconnaissons-le, a toutefois le mérite de l'avoir sauvée. Cela fait aujourd'hui trois ans qu'elle a tenté de se suicider - après avoir appris, rappelle-toi, qu'Aristote avait offert à Jacqueline Kennedy ses bijoux oubliés sur le bateau.

Je t'embrasse, bel étalon,
Sur la terre comme sur la mer.
Luchino

PS : J'espère que tu ne te couches pas trop tard le matin, que tu prends soin de Marisa en mon absence comme elle s'occupe de toi. Tu sais que même si je t'enjoins d'épouser ta fiancée, mon cœur n'en est pas moins fendu. Je suis heureux d'avoir fait tourner Berenson pour la première fois, mais non sans le vertige d'avoir scié la branche sur laquelle je voudrais m'asseoir. Dis-moi que je ne suis pas qu'un second rôle, sans quoi je n'aurai d'autre choix que d'aller jouer ailleurs.

Stockholm,
le 7 juin 2020,

Pappa,

J'ai tenté de t'appeler mais de nouveau sans succès. J'en conclus que l'idée des courriers doit te plaire, alors je continue.

Quand j'étais petite ou plus jeune et que ça n'allait pas tu ne me répondais pas, ni à moi ni à personne, tu t'en souviens ? Depuis quelques années tu as changé, pris l'habitude de dire quand ça ne va pas. Peut-être que ta mélancolie s'adoucit. Si c'est un mauvais jour tu me dis non et tu as raison, Je ne pourrai tenir une conversation alors rappelons-nous plus tard, j'accepte et recule. Ça me convient, *Pappa.* S'il te plaît continuons comme ça, ne fais pas le mort avec moi, pas encore.

Jessica m'a téléphoné hier soir, elle s'inquiète. Elle est passée chez toi, apparemment tu n'étais toujours pas là mais quelqu'un l'a reconnue et lui a expliqué la situation. L'as-tu vue depuis ? Les voisins ont l'air remonté. Elle m'a aussi dit que ta barbe était vraiment très longue et sale la dernière fois que vous vous êtes vus... Je vais repasser dès que je peux, disons demain soir du moins je vais essayer, aussi tu recevras cette lettre après mais tant pis, je n'ai plus envie de laisser le temps filer. Je te dis à demain soir, donc, ce soir étant peut-être avant-hier pour toi quand tu me liras.

Robine

Venise,
le 12 mars 1970,

Helmut, mon chéri,

On bâtit toujours sur un sol vierge. À chaque fois, je me demande comment recommencer, et si mon film sera le dernier.

Premier jour de tournage achevé. On est là pour deux mois au moins, aussi pour l'heure tout le monde prend ses marques. Le petit s'amuse et c'est bien ce que je lui demande. Sous ses yeux, de légers cernes le vieillissent un peu, juste ce qu'il faut pour lui donner l'air fatigué de qui n'a pas dormi.

Dirk est aux petits soins. Je les ai même vus rire ensemble. Björn lui a tenu l'avant-bras quelques secondes en lui racontant quelque chose, une blague sans doute, je n'entendais pas. Bogarde le regardait, immobile, avec admiration. Dirais-je qu'il est particulièrement consciencieux et se confond déjà avec son personnage ? Peut-être commence-t-il lui-même à être fasciné... Pour le garçon, mes instructions seront simples : il s'agira d'avancer par ici ou par là, jeter des regards brefs en direction de celui qui en rêve. On ne doit surtout pas l'entendre, sa présence est pareille à celle d'un mirage ou d'une ombre.

Tu le verrais dans son costume de marin... J'observe les attentions dévouées, sourires en coin et entendus que les cadreurs s'échangent. Il faudrait être aveugle pour ne pas être ébahi, aussi je ne dis pas que je saurai tous les jours faire preuve de philosophie.

Baci,
Luchinaccio

Venise,
le 12 mars 1970,

Maria,

Un mot rapide avant d'aller me coucher, à l'issue de ce premier jour. Tout démarre pour le mieux, je n'ai plus qu'à me concentrer sur le fond des choses et c'est bien agréable. L'équipe semble y croire autant que les acteurs. Je sais ce que je leur dois.

Le jeune Björn impressionne tout le monde, aussi j'ai insisté sur le fait que ni un mot ni un geste déplacé ne saurait être envisagé. L'enfance de l'art, c'est lui, qui doit être protégé.

Je repense en cet instant à ces vers que tu avais écrits à treize ans et m'avais un jour lus en riant, te moquant de toi-même :

Being no poet, having no fame,
Permit me just to sign my name...

Luchino

Venise,
le 12 mars 1970,

Maman,

Nanna avait raison ! Tout est si beau qu'on a le sentiment de ne jamais regarder suffisamment les choses, comme si on ne savait vraiment les voir, et peut-être que deux mois ne suffiront pas. Je sais ma chance.

On a commencé le film ce matin, au Grand Hôtel des Bains où ma chambre est trois fois plus grande (ou quatre, ou cinq) qu'à la maison. Pour le moment je ne fais rien mais c'est normal, on m'a dit que c'était souvent comme ça sur les plateaux de cinéma, que tu passes ton temps à attendre, alors j'ai observé. Les décors, les vêtements. J'aurai un costume de bain à rayures comme dans le temps. Luchino a pas mal reproché à Dirk sa façon de marcher, je ne comprenais pas ce qui clochait mais visiblement Dirk ne marchait pas bien, Tu marches comme un vieux il lui a répété plusieurs fois, très en colère…

Nanna est de bonne humeur et filme en Super 8 (elle se prend elle aussi pour une cinéaste), et tout le monde est sympa.

Tout va bien donc, et si je suis excité c'est juste assez. Ils vont voir ce qu'ils vont voir. Maman, je suis un acteur de cinéma !

Je t'aime,
Björn

Ce premier jour m'a crevé, c'est toujours crevant de ne rien faire. À la fin tout le monde a applaudi, on aurait dit un signe d'encouragement pour les mois à venir, Ça y est on y est on y va et tout va bien se passer.

Visconti m'a demandé de venir m'asseoir à côté de lui. Je pensais aller retrouver Nanna mais il m'a dit Björn, ce soir ce que je te propose c'est que nous passions la soirée ensemble : il nous faut travailler, et puis aussi faire connaissance. Raconte-moi ta vie, il me parlait lentement en anglais et articulait pour se faire comprendre, raconte-moi ce que tu fais chez toi en dehors de l'école, en dehors du cinéma, tu as bien d'autres passions d'autres loisirs, tu as des copains j'imagine, qu'est-ce que tu fais avec tes copains ? tu as peut-être même une petite copine, tu as bien l'âge pour une *girlfriend* ! C'est difficile à dire au fond sa passion et je n'y avais jamais vraiment réfléchi, oui il y a le cinéma mais qui s'est fait un peu comme ça, par hasard, est-ce que le cinéma est ma passion je me demandais, après tout je n'ai vu aucun de ses films à lui, peut-être que si c'était ma passion j'en aurais vus et ma présence ici aurait plus de sens, je commençais à mouliner alors je bredouillais d'autant que je n'étais pas sûr d'avoir tout compris et devais répondre en anglais à mon tour, Euh c'est-à-dire que je ne sais pas trop enfin si je veux dire oui je vois mes copains on fait du vélo, on fait pas mal de vélo pour se rendre les uns chez les autres, surtout quand les parents sont pas là je dis, et alors on peut faire un peu ce qu'on veut, un peu tout et rien, on joue on cause on se marre quoi. Ah oui et surtout j'aime la musique, je fais du piano, *a lot of piano*. Je vois il dit, je vois, c'est bien. Puis la question que je redoutais : Tu as vu mes films ? *Les Damnés*, tu as sans doute vu *Les Damnés* l'année dernière, ou *Bellissima*, tu as peut-être vu *Bellissima* ? Ah non ? bravo ! c'est très bien, c'est parfait cette fraîcheur, cette pureté. Je voyais de près ses cheveux poivre et sel peignés vers l'arrière, ses lèvres absentes, ses sourcils en accent circonflexe qui lui donnaient un regard d'aigle.

Allez, maintenant je veux t'écouter. Allons dans ma chambre il me dit, tu vas lire à voix haute le texte de Mann, j'ai un exemplaire en allemand mais tu peux lire en allemand, pas vrai ? Ça ne changera pas grand-chose de toute façon, tu vas voir. J'ai pensé La soirée va être longue. J'avais envie de retrouver Nanna et j'avais faim. Je m'assis par terre à peine entré, dos contre son lit, il me fit un grand sourire en me tendant le livre. Pas question de perdre une minute je commençai, ouvrant une page au hasard. « *Gegen die Regel bemerkte man äbends viele Betrunkene...* » Il m'arrêta Non non pas comme ça, je vais le faire et tu répéteras après moi. Écoute bien : « *Gegen die Regel bemerkte man äbends viele Betrunkene ; bösartiges Gesindel machte, so hieß es, nachts die Straßen unsicher...* » Tu vois ? Je n'y mets aucune intention. Ma voix est blanche, ni trop haute, ni trop basse. Aucune syllabe n'est soulignée, aucun mot ni groupe de mots n'est coupé. Vas-y. Je ne comprenais rien : « *Gegen die Regel bemerkte man äbends viele Betrunkene...* » Voilà, c'est ça ! Je veux que ton silence dans le film soit empreint du même détachement, de la même absence d'intention. Je veux que tu ne penses pas.

J'en avais marre j'ai dit Ok ok je vois, je pensais que ça s'arrêterait là mais il en voulait encore, au bout d'un moment je me suis mis à bâiller enfin à me forcer à bâiller pour qu'il comprenne, je me tenais la tête, m'avachissais mais rien n'y faisait. Je continuais de lire quand il m'interrompit de nouveau, Tu m'émeus il me dit, tu es émouvant et rare. Tu le sais ? Ne change jamais. Je sentais le rouge me monter aux joues et les gencives me picoter, elles me picotent toujours quand je stresse ou suis gêné ou ne sais pas quoi dire, ça me faisait plaisir bien sûr tellement plaisir que j'avais du mal à y croire. Il continuait Je peux te demander, ça, de ne jamais changer ? Non, bien sûr. Mais au fond, il faudrait que tu ne tournes jamais rien d'autre que notre film. Que Tadzio reste Tadzio, seulement Tadzio, l'unique enfant venu du Nord. Tu pourrais me le promettre, ça, de ne rien tourner d'autre après moi ? pour le bien de ce que tu es en train de lire, pour le bien de mon œuvre ? Il n'attendit pas de réponse et frappa dans ses mains, Bien ! demain, tu n'auras pas encore de scène, alors j'aimerais que tu viennes sur le plateau t'asseoir à côté de moi, tu veux bien ?

Venise,
le 24 mars 1970,

Cher Horst,

Merci ! J'ai reçu ta photographie et te remercie de m'avoir replongé dans un temps perdu. Je me revois exactement sur le pas de la porte de cette maison d'Hammamet, un verre d'une main et ce bouquet de grandes fleurs blanches de l'autre - la maison donnait sur un petit jardin planté je crois de lys et de jasmins. Je garde le souvenir très présent de ce matin où nous revenions du marché. Qu'il est étrange d'avoir en mémoire cet instant si clair, ce matin-là du printemps 1936, alors que je ne savais pas même que je m'en souvenais. Mais comment oublier, tant ces vacances me renvoient à des sentiments contraires, la beauté de ces jours confondue avec la peur. Dès le bateau pour Tunis, des têtes connues que je ne voulais pas croiser nous étaient voisines. Tu ne faisais pas mystère de tes préférences, aussi je craignais que la nature de notre relation soit transparente. J'étais lâche, et cela ne me ressemble plus. Je suis déçu de moi-même, et me demande ce que nous aurions été si j'avais fait preuve de courage.

Je réponds à ta lettre depuis la brouillasse de Venise – « ville pleine de fantômes » (D'Annunzio). Ce sont les miens que je traîne ici, de fantômes, mais le tournage se passe bien. Je filme le visage d'un ange ramené de Suède. Il a quinze ans et la beauté divine. Il est très docile, se plie à tout ce que je lui demande et me fait gagner beaucoup de temps. Il a sans doute conscience d'être novice, aussi il ne conteste rien : voilà un modèle qui à coup sûr t'inspirerait. Je ne crois plus une seconde à la culpabilité du désir et récuse depuis longtemps la sentence du Lévitique : « Tu ne coucheras point avec un homme comme on couche avec une femme. C'est une abomination », etc. Mais sans doute Mann l'avait-il à l'esprit. Si le vieil Aschenbach meurt de son désir pour Tadzio, alors c'est le monde entier que je veux tuer !

Je m'en retourne au plateau et au jeune garçon que je ne veux pas laisser seul. Je l'envie ; à son âge on se construit des souvenirs pour la vie, mais en a-t-il conscience ?

With my eternal affection,
Luchino

PS : Pourquoi ne nous sommes-nous pas forgé de souvenirs communs plus longtemps ?

Venise,
le 24 mars 1970,

Helmut,
Reçu aujourd'hui une lettre de Horst. Le pauvre ne m'a jamais oublié... Crois bien que je lui ai fait comprendre que le temps des fleurs est révolu.
Je veux te retrouver dès que j'en ai fini. Retournons chez nous, avenue Montaigne. Tu t'installeras de nouveau dans la mansarde, et pourras regagner Saint-Germain-des-Prés une fois que je serai endormi. Je sais bien que tu l'as fait plus souvent qu'à ton tour la dernière fois, alors que je devais me coucher tôt à cause des répétitions de *La Traviata*. Tu m'as pensé jaloux, mais crois-tu vraiment que j'ignorais ce que tu faisais quand tu rentrais ivre, la chemise à peine reboutonnée et mon argent évaporé ?

Par ailleurs, j'ai réfléchi : je vais t'acheter un appartement à Londres. À Kensington, tu seras bien. Il faut que tu apprennes à parler anglais ; ta conversation de vache espagnole ne fera pas longtemps illusion à Hollywood, or tu pourrais y être un régulier. Je vais faire de toi le nouveau fiancé de l'Amérique.

À ce propos, reçu aussi ce courrier de Tennessee Williams que j'aurais préféré ne pas ouvrir : « *Helmut m'a répondu de t'écrire, après que je lui ai proposé de venir boire un verre chez moi. "J'ai déjà un coq, demande à Luchino." Accordes-tu au petit ta permission ?* » Tu sais ce que le coq te dit.

Be good, and if you can't be good, be brave.
Lots of love,
L.

PS : Pour Saint-Moritz, ça ne m'intéresse pas. Aucune envie de m'imposer la morgue de Karajan plus que de raison, et tu sais comme moi qu'on n'y skie jamais vraiment. Vas-y seul si tu veux, mais tu payes seul !

*Extrait d'*À la recherche de Tadzio*, documentaire de Luchino Visconti, 1970.*

« – On se voit à Rome !

Visconti dit au revoir à ses collaborateurs et convient d'un rendez-vous. Bientôt, ils se retrouveront pour commencer le tournage de *Mort à Venise*, une histoire lourde et difficile selon les propres mots de Thomas Mann. Tadzio sera là aussi pour les retrouvailles. Pourquoi l'appeler encore Björn Andrésen ? Il est Tadzio, maintenant. Seulement Tadzio. Une créature réelle, splendide, autant qu'une idée abstraite, un produit de l'esprit, dit Visconti. »

Rome,
le 1er juillet 1972,

Combien de temps vas-tu me laisser aux mains de ces médecins de fous ? Je n'ai rien le droit de faire que de lire et de t'écrire, les infirmières sont stupides et la bouffe est infecte. C'est toi le barjot, tu es parti sans rien dire ! Voleur ! Pourquoi suis-je ici, au fond ? Comment peux-tu me traiter ainsi ? Tu m'as dit Ton état nécessite de te faire aider, tu n'arrives pas à sortir de ton personnage. Mais Luchi, Ludwig, c'est moi, et c'est toi qui l'as voulu ! c'est toi qui fais de tes acteurs des marionnettes. Toi qui m'as dit Sois plus honnête, plus direct, montre ton dévouement et ton amour. J'ai tout fait et ferai tout pour toi, aussi tu sais combien il était impensable que je joue seulement le roi-fou : il fallait que je le sois ! Un roi comme toi.

Helmut

PS : Si tu ne viens pas me chercher dans les prochains jours je t'en voudrai infiniment, mais dans ce cas fais-moi au moins porter un miroir par ton baron de secrétaire – Alberto doit bien servir à autre chose qu'à te baiser les pieds. Narcisse ? Tu te trompes encore : c'est pour me faire des grimaces.

« Björn,

Reste tranquille. Fini les mots qui font mal. Il ne reste plus grand-chose de moi. Ne pleure pas pour moi, il n'y a plus de feu à éteindre ici. Ne me regarde pas, je suis prête à tomber. Je vais m'effondrer à tout moment. Je ne veux pas que tu me voies m'écraser. Ne pleure pas pour moi, il n'y a plus de feu à éteindre ici. J'ai donné tout ce que j'avais. Je n'ai rien gardé pour vivre. C'est pour ça que je suis de plus en plus invisible, mais je ne vais pas mourir. Il reste une porte. Que faire d'autre que de sortir de cette pièce en moi ? Je ne meurs pas, je disparais seulement. Peut-être que mes inquiétudes me ramèneront aux certitudes et aux doutes. Alors, je reviendrai te chercher.

Maman »

Chapitre deuxième

Un ange pleurait dans un coin. « Vous ne voyez pas le feu ? » dit un enfant.

Max Jacob, *Derniers Poèmes*

Et puis il m'a demandé d'enlever mon pull. Au début j'ai pas compris, j'ai dit Quoi du regard alors la fille a répété Oui il faut enlever ton pull, *Signor* Visconti aimerait te voir sans ton pull et j'ai pensé à Maman, elle aurait sans doute été contente que je sois là en tout cas pour Nanna c'est un grand truc et c'est pas n'importe qui alors j'ai dit oui enfin non, je n'ai rien dit et j'ai enlevé mon pull.

Oui voilà comme ça marche comme ça là voilà il disait et peu de temps après il s'est énervé, je ne savais pas si c'était parce que je marchais mal mais j'ai continué, il s'impatientait il gueulait Mario ! Mario, photos ! Après mon pull j'ai enlevé mon t-shirt, Allez allez on enlève tout, Oui oui le t-shirt aussi, c'est pour mieux me voir il disait, et puis le pantalon.

En caleçon j'ai posé contre un mur, Quel playboy il s'exclamait, c'est bien c'est très bien t'es un playboy, je fixais l'objectif le visage légèrement tourné dans un sens dans l'autre, la tête légèrement penchée vers le bas vers le haut, Et on sourit on continue de sourire on est content d'être là les spectateurs sont venus te voir ils demandent à te voir ils t'admirent ils sont là pour toi alors tu dois les remercier, leur dire merci d'être venu pour moi pour nous pour l'histoire qu'on vous raconte, le rêve qu'on vous offre, non ne relève pas la tête enfin pas trop, garde-la baissée encore un peu, c'est du rêve qu'on leur donne, c'est plus grand qu'eux, c'est plus grand que la vie le cinéma tu sais, Mario qu'est-ce que tu fais n'arrête pas les photos ! ils sont venus échapper quelques minutes à leur vie, tu vas voir ce qu'on va faire ensemble, Björn, la vie en mieux.

Stockholm,
le 3 juin 2020,

Robine,

Pardon pour la frayeur… et merci. Tout le monde n'a pas la chance d'avoir une fille comme toi, alors je vais tâcher d'être à la hauteur. Je voudrais me hisser au-dessus de moi-même, devenir meilleur que ceux qui se contentent d'un amour volatil. Si c'est ce que tu veux, je vais te raconter.

Certains pleuraient, d'autres sifflaient. Des sifflements de joie, des vivats comme on félicite des mariés. C'est à ça qu'on reconnaît si ça plaît ou pas, c'est un art et tout un jeu, certains s'attachent à faire durer les applaudissements le plus possible m'avait-on dit, des gens sont parfois payés par les producteurs pour feindre l'engouement et réussissent à convaincre, à entretenir la liesse, la foule est emportée par la joie et applaudit à tout rompre. Ce jour-là, on criait au chef-d'œuvre. C'était ce qu'espérait Luchino mais au fond il savait qu'il en serait ainsi, tout se passait comme il l'avait prévu. Il savait que les journalistes seraient conquis et que l'ovation irait au-delà de ce moment et de ce lieu-là, qu'on acclamerait le cinéma dans son ensemble, qu'on célébrerait une prouesse, dirait que Visconti dessinait les couleurs de la beauté et du temps, le cœur de la Sérénissime qui ne cesserait jamais de battre. Visconti se mêlait à Venise et à ses bâtisseurs, les Deux V d'une langue coupée en son milieu, se plaçait dans les pas de Thomas Mann et de son œuvre. On assurait que *Mort à Venise* était le film le plus proustien qui fût.

Les journalistes lui avaient demandé s'il était vrai qu'il avait parcouru le monde à la recherche du plus bel enfant du monde. Il avait répondu Oui c'est vrai, et je l'ai trouvé. Ils lui posaient des questions sur moi comme si je n'étais pas là. Je ne parlais pas un mot de français, comme je n'avais pas appris un mot d'italien, presque inutile pour le tournage. Ils lui demandaient si j'avais répondu à ses attentes et si je n'avais pas été impressionné par Dirk Bogarde. Je comprenais des bribes.

Je m'accrochais à Visconti comme un chien à son maître. Sur une bouée, je dérivais. À l'issue de la conférence de presse qu'il avait suivie à quelques mètres derrière, un homme lui ouvrit grand les bras, geste d'admiration feinte ou surjouée, expression de ses félicitations. Visconti le rejoignit pour l'embrasser à son tour avant de sortir. Je ne me souviens plus de la suite mais seulement de cette seconde-là, du vide qui s'ouvrit sous mes pieds, de mon corps soudain nu, des crépitements comme autant de banderilles jetées sur le dos d'un taurillon excité par les muletas et habits de lumière, gladiateur à la merci d'un empereur.

Pappa

Cannes,
le 23 mai 1971,
une conférence de presse du festival.

« – Tout le monde connaît l'immense talent de Dirk Bogarde, c'est donc inutile de le souligner une fois de plus, mais on ne connaît pas bien Björn Andrésen. Pourriez-vous nous dire comment vous l'avez découvert ?

– Je vais vous raconter toute l'histoire de Björn Andrésen, s'il me le permet *(Visconti se tourne vers lui)*. Il ne comprend pas le français très bien, mais enfin... Je suis arrivé à Stockholm. Le premier jour, quand j'ai commencé à auditionner les garçons suédois, le cinquième, je vous dis le cinquième qui est entré dans la chambre était Monsieur Björn Andrésen. Et moi j'étais sûr que c'était lui, Tadzio. Je n'ai pas eu de doute, j'ai commencé à le photographier de la tête aux pieds de tous les côtés, tu te souviens ? *(Le réalisateur se tourne de nouveau en direction de l'acteur.)* Tadzio était trouvé. Il était plus beau que ça, hein ! Il a vieilli maintenant, il est un peu trop grand, il a les cheveux trop longs, il était beaucoup plus beau à ce moment-là. Il ne le sait pas mais il est en train de changer, peut-être ce sera un très bel homme, mais pour le moment, bon... C'est l'âge ingrat, il a maintenant quinze ans... non *sixteen*, seize ! Il est très vieux ! »

Rires dans la salle.

Cannes,
le 24 mai 1971,

Caro mio,

Je prends mon stylo à une heure tardive de la matinée. L'alcool de la nuit ne m'a pas poussé à me lever tôt, mais je déteste cet état. Je l'écris à toi qui dors si bien - parmi ce que tu fais de mieux -, mais comment peux-tu gâcher ton temps sans craindre d'en manquer ?

Le stress est retombé ; le plus beau garçon du monde fut, tu t'en doutes, acclamé. *Standing ovation* interminable - je n'ai pas compté combien de minutes, on l'aura fait pour moi. On a dîné avec Dirk et d'autres à l'hôtel, Romy était là aussi. Les bouteilles de champagne défilaient, commandées par Robert en producteur comblé. Dirk voulait sortir ensuite et tentait de convaincre tout le monde, il connaissait une boîte de garçons, il fallait y emmener Björn. Première difficulté : traverser la ville. Les photographes attendaient à la sortie du Martinez, le petit était apeuré... Qu'est-ce qu'il peut être sérieux ! Il ne parle presque pas. Une fois là-bas il était tout penaud, on a pourtant fait attention à le mettre à l'aise - Dirk avait là plein d'amis qui s'intéressaient à lui. N'est-on pas joyeux quand on a seize ans ? J'ai peut-être oublié. À mon âge en revanche, ce genre d'endroit n'est plus qu'agressions. Je ne suis pas resté jusqu'au bout, la musique m'a déprimé, j'ai laissé le petit avec Dirk et ses amis. J'espère que Bogarde a fait attention, je le retrouve ce soir si sa gueule de bois le permet.

Cette *Mort à Venise* me vivifie. C'est que la ville doit être rappelée à ce qu'elle est : une joie, splendeur d'émerveillement depuis mes premiers pas d'enfant sur ses pavés, trésor fragile de toutes les excentricités que l'on exposait aux cafés Florian et Quadri où Paul Morand, écrit-il cette année dans *Venises* (en France, dans la NRF), devinait les pédérastes libres, « bagués et roucoulants comme les pigeons de Saint-Marc ».

Comment vas-tu, toi, *Mein Schatz* ? Raconte-moi ton tournage. Que ton film s'appelle *Un beau monstre* me ravit dès que j'y pense. Je suis certain que tes adorables penchants te permettent de jouer encore une fois sans forcer le plus convaincant des pervers.

Je t'embrasse, *mostro mio*,
Luchinaccio

PS : J'ai appris par un télégramme de Balthus hier la mort de son fils, il y a un mois. L'enfant n'avait que quatre ans. Je n'ai pas pris le temps de lui rendre visite à la Villa Médicis et je m'en veux. Je partage avec lui le goût du détail : Balthasar peut passer des années sur une toile. Même goût aussi je crois de l'inaccompli : il ne peint que l'adolescence, dont le corps n'a pas encore éclipsé son mystère.

Cannes,
le 24 mai 1971,

Maman,
Pour la première fois de ma vie, je suis sorti en boîte de nuit. Luchino est venu me chercher hier soir, il était pressé, alors j'ai vite embrassé Nanna et sauté avec lui dans le taxi qui nous attendait devant l'hôtel. On est en retard il dit au chauffeur, on est attendus, dépêchez-vous ! De part et d'autre de la route la Méditerranée scintillait, les immeubles défilaient, les lampadaires projetaient les ombres des palmiers. Pendant quelques secondes, j'ai pensé laisser derrière moi tous ceux que je connaissais, toi comprise. La joie grouillait dans mon ventre, dans ma poitrine, mon cœur bondissait. Je voulais pouffer et m'empêchais, comme quand en classe on retient un fou rire, et sans doute l'a-t-il vu. Les maîtres voient tout.

Sur place, un monde fou. Musique à fond, salle immense et sombre aux murs rouges. Dirk et les autres nous attendaient. On avait une table un peu en retrait, tout le monde était aux petits soins et nous observait, beaucoup de gars sur la piste étaient torse nu et s'embrassaient, les langues sorties. J'ai cru qu'ils voulaient me sauter à la gorge ! ou à la ceinture. (Si tu étais vivante, je ne te raconterais jamais ces détails.) Un moment, je me suis dit que j'étais là pour ça, que Luchino et les autres m'avaient emmené là comme une statuette à exposer ou à offrir. Faites ce que vous voulez du gamin. Pourquoi sinon ? qu'est-ce que je foutais là ? Aucun son ne sortait de ma bouche, de toute façon on ne m'aurait pas entendu à cause de la musique trop forte alors ils n'y ont vu que du feu. Je me forçais à sourire au milieu des corps. Je ne pourrais pas dire qu'ils dansaient, plutôt qu'ils se frottaient entre eux. Je répète, c'était pour le sexe que les mecs étaient là, pas pour s'amuser, enfin sûrement que certains s'amusaient mais on n'aurait pas dit. J'en sais rien après tout c'était peut-être une boîte faite pour niquer, j'en ai vu qui s'astiquaient vraiment en bas sur des canapés quand je suis allé pisser. Plus jamais de ma vie, tu entends ? plus jamais. Viens me chercher, je suis épuisé. (Je sais bien que tu ne peux pas venir me chercher, c'est aussi parce que tu es morte que je te le demande.) Ils ont voulu me faire boire du champagne hier soir, fallait fêter la sortie la joie les applaudissements alors j'ai accepté le premier verre qu'on m'a donné et ne me suis plus arrêté. J'ai bu tout ce qui me passait entre les mains.

Je déteste danser alors c'est pas là que j'allais m'y mettre et puis comment faire semblant d'être bien d'être détendu alors que t'as juste envie de crever de te barrer, j'ai dû passer un temps fou accoudé au bar de peur de ne plus rien avoir dans mon verre, ça donne une contenance d'avoir un verre à la main ça occupe ça fait plus mature, pilier de bar habitué, autrement des gens seraient venus me demander ce que je faisais là enfin j'espère. Pendant un long moment j'ai cru être peinard jusqu'à ce qu'un gars m'approche, j'ai fait comme si je ne voyais pas n'entendais pas, je ne voulais pas le regarder, Hey il dit, hey tu t'appelles comment ? moi c'est Jacques, enchanté. Un gars encore assez jeune, trente ans je dirais, mais peut-être plus dans le fond j'en sais rien, il insistait, Hey c'est quoi ton prénom t'es sourd et muet ? Il a agrippé le siège à ma gauche et s'est tourné vers le barman, Allez mets nous deux gin tonic steuplais, puis à moi T'inquiète je suis gentil je vais te mettre à l'aise. Les gins sont arrivés en moins de temps qu'il lui en avait fallu pour commander. Mais attends, je te reconnais, t'es le gars de *Mort à Venise*, pas vrai !? j'étais dans la salle j'ai vu la projo ! ton prénom c'est André je crois, ou Andréa, c'est ça, non ? allez dis-le moi ! J'ai dit *Yes* bingo bravo, t'as trouvé t'es content ? Eh oh on se calme, ça y est monsieur est une star de cinéma, monsieur se la raconte déjà ? faut redescendre mon p'tit gars, c'est pas avec des chevilles gonflées comme ça que tu vas courir longtemps. Enfin c'est ce que j'ai interprété, peut-être qu'il ne disait rien de tout cela puisque je ne comprends pas le français. Il m'a fait sourire alors je me suis détendu, et puis je me suis défendu Non c'est pas que je me la raconte c'est que je n'aime pas cet endroit, je comprends pas comment on peut aimer ça me dépasse mais c'est pas grave, je voulais couper court, fatigué de parler anglais. Ah oui il continuait, en anglais à son tour, y a plus grave mais tu m'as l'air un peu trop jeune pour être malheureux, peut-être que c'est parce que t'es trop beau ? Je ne vais pas te poser la question qu'on doit te poser toute la journée, Qu'est-ce que ça fait d'être aussi beau, parce que je pense que je connais la réponse, non pas que ça me concerne c'est pas mon cas mais je veux dire je pense que ça ne doit pas être facile, enfin c'est seulement ce que je pense hein peut-être que c'est agréable enfin que ça te plaît de plaire à tout le monde mais ne me réponds pas, je présume que tu n'as pas envie de répondre à ça, m'enfin purée le nombre de mecs qui vont se palucher en pensant à toi ! ça doit faire bizarre quand même, non ? J'ai failli me lever. Bien vu, pas envie de te répondre je dis, un deuxième point pour toi, et je confirme : ça ne te concerne pas. L'assurance qu'offrait l'alcool me plaisait, j'ai pensé qu'on allait se battre qu'il allait au moins me cogner un peu et que cette histoire me ferait dégager, mais non, le gars s'est mis à rire, Haha t'es peut-être malheureux mais au moins t'as confiance en toi, c'est bien ! Moi non plus je n'aime pas cet endroit, chaque année c'est la même chose. On s'en va ? allez viens ça suffit finis ton verre je t'emmène, je connais un endroit qui sera bien mieux. Au moment de me lever, je crois avoir vu Visconti et un autre mec dans le fond nous observer, mais je voyais déjà flou.

Ensuite, trou noir. Pas sûr que je pourrais même reconnaître ce type avec qui je causais. Quand j'ai rouvert les yeux ce matin j'étais à poil dans mon lit, peinant à savoir où j'étais, mes vêtements pliés sur un fauteuil.

Björn

Cannes,
le 24 mai 1971,

Mon cher Balthus,

Je me joins à ta peine par ces condoléances qui ne sauront panser l'immense chagrin qui t'afflige. Pas plus que cette lettre ne pourra dire toute l'affection que je te porte. Je pense très chaleureusement à Setsuko - rien n'est pire, on le sait, pour une mère. Fumio était un garçon ravissant de gaieté dont je garde le souvenir très présent. Je ne doute pas que votre amour vous permettra de surmonter l'obscurité de ces jours.

Dès mon retour à Rome je t'écrirai de nouveau : il n'est que temps de rendre visite au maître, en ce palais où tu règnes sur les artistes. Malraux avait du flair : l'Académie de France te doit tant ! Crois bien que je ne l'écris pas au vu des circonstances, mais par honnêteté envers ce que je pense de ton art.

L'horreur de l'événement me trouble d'autant que je l'apprends sous le soleil de la Côte d'Azur, pour le lancement du film à Cannes, la présentation au monde de Tadzio que j'ai peint sous des traits suédois à la beauté florentine. Son visage est celui du XVe siècle : Botticelli, Verrochio, Leonardo ne s'y tromperaient pas. Toi aussi, mon ami, y retrouverais ta jeune *Thérèse.*

De tout mon cœur je vous embrasse, renouvelle mes amitiés les plus sincères et vous assure de ma fierté à les croire partagées.

À toi,
Luchino

J'étais l'élu. Le garçon choisi parmi les mille garçons, le visage du monde retenu.
Je ne disais rien de la fierté devenue mienne, ma grand-mère se serait gonflée d'orgueil, Ah, tu vois que j'ai bien fait de t'y inscrire à ce casting ! qu'est-ce que je disais j'avais raison ! Nanna n'était pas de ces gens bien nés qui n'esquissent qu'un sourire en cas de victoire, habitués du succès, elle exultait, le soulignait quand elle gagnait, n'avait pas honte, honte de rien, nanananère Nanna n'a d'air. Ma grand-mère n'avait pas besoin de ma joie à moi pour savourer la sienne.

Ça l'aidait de le dire à haute voix, On va aller à Venise, à Venise elle répétait, la plus belle ville des civilisations, splendeur des splendeurs érigée contre la boue dans les siècles et les siècles de labeur, d'intelligence et de génie. Je crois que la vie de Nanna a basculé ce jour-là, le jour de l'appel de Visconti, ou qu'elle a voulu le voir comme ça. Elle m'a dit Björn tu as l'âge auquel on n'a pas encore emprunté son chemin, on peut encore choisir alors voilà c'est là c'est le moment et le tien de chemin sera parsemé de fleurs. J'étais heureux que Nanna connaisse cette joie-là, celle du volet qu'on ouvre sur une mer que l'on n'a jamais vue. J'avais la certitude que nous partagions enfin quelque chose d'essentiel, quelque chose d'autre que la mort.

Tokyo,
le 10 novembre 1971,

Maman,

Arrivé il y a cinq jours maintenant pour la promotion du film, je suis déjà épuisé mais n'arrive pas à dormir. On m'a donné des pilules, peut-être que ça va m'aider enfin j'espère je vais vite voir, j'écris cette lettre avant d'aller me coucher, il est 1 heure du matin ici et je dois me lever dans cinq alors je perds du temps pour en gagner. J'ai fini mes devoirs : tous les soirs, je retourne dans ma chambre avec une pile de posters à dédicacer.

Tout le monde savait que je venais, les radios, les télés l'avaient annoncé. L'arrivée à l'aéroport s'est déroulée comme d'habitude, on est venu me chercher dans une grosse bagnole noire, je ne sais pas à combien on se déplace mais entre les gens du film venus d'Italie, les médias japonais et les gardes du corps, ça fait du monde. C'est à mesure qu'on se rapprochait de la ville que j'entendais le chauffeur et la personne à côté de lui murmurer, montrer du doigt par la fenêtre, avant que je le voie de mes yeux : sur les balcons, des banderoles, immenses, affichaient *Bienvenue Björn.* Pas une seule, plusieurs !

Les jours s'enchaînent à plein d'endroits : interviews, tournage de spots de pub (pour je ne sais plus quels produits, lessives et voitures, je n'avais même pas à dire quoi que ce soit comme de toute façon je ne parle pas japonais, mais il fallait que je bouge les lèvres pour qu'on puisse me doubler), et enregistrement d'un disque de chansons : tout était prêt, je n'avais qu'à poser ma voix en anglais. On m'assoit et m'examine, on accourt vers moi dans les coulisses avec des brosses pour me coiffer, du maquillage pour me poudrer (je détestais déjà ça pendant le tournage), des vêtements pour me changer, tout au pas de course. Je ne me reconnais jamais.

Certains Japonais n'avaient jamais vu d'Occidentaux avant moi. D'autres ne savaient même pas que les cheveux blonds existaient. Les gens ne me parlent pas mais certains pleurent, me prennent en photo, on me demande si je suis réel, si je suis un ange. On s'occupe pour moi de dégager manu militari, plusieurs fois par jour, les paparazzi qui nous suivent et ne me surprennent plus.

On m'a dit qu'on allait sculpter mon visage dans la pierre et s'en inspirer pour un manga. Je ne savais pas de quoi il s'agissait avant aujourd'hui : c'est une bande dessinée avec des bons et des méchants, des personnages aux super-pouvoirs et souvent amoureux, pour que les filles lisent aussi... On m'a dit que j'étais un *bichonen*, je sais pas trop comment ça s'écrit, un jeune garçon à la beauté idéale, un mot que l'on associe aussi aux mecs qui s'aiment entre eux ! tu te rends compte ! moi qui n'ai jamais été amoureux de qui que ce soit - encore moins d'un garçon, rassure-toi.

Tout cela me fout la nausée. Je vais prendre ce cachet que j'espère si efficace qu'il m'empêchera de me réveiller.

Björn

« On rapporte qu'Othon, vicomte de Milan, étant à la guerre de la Terre sainte, en 1095, où il avait suivi Godefroy de Bouillon, combattit pendant le siège de Jérusalem Volux, amiral des Sarrasins, qui défiait le plus vaillant des chevaliers chrétiens, et l'ayant tué, Othon prit en signe de trophée et pour marque de sa victoire le casque de cet amiral, sur lequel était représenté un serpent qui dévorait un enfant : il fit de ce cimier l'écu de ses armes. »

Nicolas VITON DE SAINT-ALLAIS, *Dictionnaire encyclopédique de la noblesse de France*, Paris, 1816.

Stockholm,
le 9 juin 2020,

Hej,

Je ne sais pas bien pourquoi te voir chez moi m'a ému, presque aux larmes. C'est que personne ne vient plus. Tu savais que *björn*, en vieux norrois, veut dire ours ?

Quand tu es partie, je me suis rendu compte que je ne t'avais posé aucune question. Alors s'il te plaît dis-moi : comment vont les petits ? Aussi, quand tu es partie je me suis dit que j'aurais dû te montrer la lettre. Je l'ai sortie de son tiroir, je ne l'avais pas relue depuis des années. Je sais où elle est, dans quelle enveloppe plastifiée elle repose, mais la relire, revoir la forme des lettres, sa calligraphie me serre toujours le cœur. « *Je ne meurs pas, je disparais seulement. Je reviendrai te chercher.* »

Les larmes ne coulent plus quand je la déplie, j'ai plutôt ressenti une sorte de soulagement, la chaleur de sa présence. Je me souviens du jour où j'ai trouvé son mot après l'école, sur mon lit. Je me souviens surtout de la dernière fois que je l'ai vue. Elle s'appelait Barbro. On avait pris ce matin-là comme tous les autres le chemin de l'école et je la revois descendre du tramway numéro 10, devant moi, ce matin-là comme tous les autres, comme pour nous montrer où poser le pied sans tomber. Une fois devant l'entrée de la classe elle nous a fait des gestes de la main, des gestes de plus en plus grands à mesure qu'on s'éloignait. Je revois le foulard rouge qu'elle maintenait autour de son cou pour qu'il ne s'envole pas, les grands gestes auxquels on répondait. Mon cœur s'est arrêté là, je n'étais pas pleurnichard d'habitude mais ce jour-là j'ai su, je ne sais pas comment, que c'était la dernière fois.

Elle n'est pas venue nous chercher le soir. La police a lancé un avis de recherche, alors on a entendu les pires conneries... On a dit qu'elle était entrée dans les ordres ou qu'elle était partie à l'étranger, qu'elle avait rencontré quelqu'un d'autre et même qu'elle avait été internée, à côté, à l'hôpital psychiatrique, tout sauf la vérité. Quelque temps plus tard, je ne me rappelle plus quand exactement, deux hommes sont venus frapper à la maison. Mon père n'était plus là depuis longtemps, nous ne vivions pas encore chez Nanna, dans mon souvenir il n'y avait que ma sœur et moi - mais sans doute que je me trompe, on n'aurait pas laissé deux enfants seuls... Quand j'ai ouvert ils m'ont dit sans sourciller Voilà ta maman est morte, désolé mon petit gars, je me souviens de me dire Mais attendez comment c'est possible de dire mon petit gars dans ce moment-là, comme si on était proches, un truc familier qui voulait rassurer peut-être, créer une proximité supposée avec l'enfant, ils devaient vouloir me réconforter mais ne savaient pas comment s'y prendre alors ils tentaient d'arrondir les angles, les polir un peu, tentaient du mon petit gars pour faire sympa, et le noir d'un coup sur les yeux, ces secondes d'arrêt d'un moteur en plein ciel, le vertige qui fait gerber la mort qui tape la nuque, ils m'ont dit Voilà ta maman est morte on l'a retrouvée dans la forêt. Ils sont repartis comme ils étaient venus, sans se soucier des répliques de la déflagration, sans s'inquiéter de savoir ce que j'allais faire ce qu'on allait faire, comment plutôt on allait faire ni qui s'occuperait de nous désormais - on avait dix ans en 1965.

Dans la famille dès lors personne n'a plus jamais prononcé le prénom de Barbro, ni évoqué son suicide. J'écris suicide parce que suicide sans doute, il y avait la lettre de départ, il n'y avait que ça, on n'allait pas penser autre chose et puis fallait se fixer, on sait bien que pour faire son deuil - on dit faire comme si on créait quelque chose alors qu'il n'y a rien de plus passif que de faire son deuil, le cerveau le fait avec le temps ou non justement c'est le temps qui le fait sur le cerveau, c'est le temps qui est actif, est-ce qu'il y a d'ailleurs quoi que ce soit d'autre qui le soit vraiment, actif, bref trêve de philosophage - il faut se fixer sur quelque chose, comprendre la mort, avoir de la mort une raison ou du moins une cause, alors j'ai conclu suicide. Après tout chacun fait ce qu'il veut, on dit Mais si mais si ce sera mieux après tu verras, non parfois c'est comme ça, c'est pas mieux après on n'est plus câblé pour, parfois on n'en peut plus on arrête et puis c'est tout, on peut d'ailleurs avoir vécu une belle vie avant ou un truc dont on n'est pas mécontent ou dans lequel on aura fait ce qu'on voulait faire. Dès lors donc on a vécu comme si ma mère n'avait jamais existé. Personne ne nous a demandé une seule fois comment on allait, nous les gosses, pas même ma grand-mère. Sans doute que c'était trop dur pour elle, trop dur de perdre un enfant et ça je l'ai compris avec la mort de ton frère, compris qu'on ne peut pas en parler, que c'est pire que de mourir soi-même, enfin ça on n'en sait rien mais tu vois ce que je veux dire, que c'est pire que d'être amputé, j'en sais rien non plus mais j'imagine.

Quelle tristesse, me diras-tu, pour un homme de soixante-cinq ans, de ne jamais avoir pu la dompter, cette tristesse. Si tu m'en veux, retiens ça : on ne fait que ce qu'on peut. On est peu de chose comme on dit pour dire qu'on est rien, qu'il ne reste rien, rien du tout, « zéro, des brindilles au vent et le goût de l'absolu aux lèvres ». C'est Gary qui l'écrit dans son dernier livre.

Je repense là à ce que Barbro m'avait raconté du jour de ma naissance : les médecins se marraient parce qu'elle était complètement shootée par la morphine et racontait n'importe quoi. Une fois que je suis né, le gynéco lui a demandé comment elle voulait m'appeler alors le regard vaseux elle a répondu Björn, Björn j'aime bien je crois, mais c'est comme vous voulez...

Le vrai garçon, celui sur qui Thomas Mann tomba en arrêt, s'appelait Władysław Moes. Un jeune aristo polonais, en vacances avec sa famille au Grand Hôtel des Bains en même temps que l'écrivain, en mai 1911. Dans ses Mémoires, Katia Mann, la femme de l'écrivain, écrit à ce propos : « Sa beauté était extraordinaire et mon mari ne cessait de le regarder avec ses compagnons sur la plage. Il ne l'a pas poursuivi tout à travers Venise – ça, il ne l'a pas fait – mais ce garçon l'a fasciné, et il a souvent repensé à lui. » Le garçon avait dix ans.

À bientôt, à quand tu veux,
Pappa

Tokyo,
le 12 novembre 1971,

Hej,

Passé l'après-midi dans le bar d'un hôtel à poser pour des photos : je vais faire la couverture d'un magazine très connu ici. Le type est photographe de mode on m'a dit, habitué aux mannequins et aux actrices, suivi de toute une cour de jeunes mecs venus comme lui d'Espagne et de son chien qui ne le quittait pas d'une semelle. Un teckel croisé bouvier je dirais, court sur pattes avec une grosse tête, une tête marrante, le chien voulait jouer et j'aurais préféré jouer avec le chien mais on m'a dit d'oublier.

Le photographe était sympa et prétentieux, il avait des bagues partout et une dent en or. Ç'a duré des plombes, il fallait changer de tenue plusieurs fois, de cadres, de lumières. Je n'ai pas compté combien de personnes étaient là mais elles étaient si nombreuses qu'on se demande ce qu'elles pouvaient toutes bien avoir à faire. Le gars me parlait en même temps, je hochais ponctuais Ok cool alors il continuait, ça m'emmerdait mais je n'avais rien d'autre à faire que de l'écouter, Je fais des films aussi il a fini par me dire une fois les banalités épuisées, des films qui commencent à avoir leur petit succès. J'étais surpris, on ne m'avait rien dit, peut-être que l'attaché de presse ne savait pas, avait oublié ou pensait que ça n'était pas utile de le préciser, toujours est-il que je lui dis Ah bon je ne savais pas, vous avez réalisé quoi ? Les flashes entrecoupaient les moments où je tentais de porter ma voix au-delà de la musique. Je ne suis pas sûr que tu connaisses il m'a dit, c'est un genre de films un peu spécial, tu vois ce que je veux dire ? J'ai réfléchi deux secondes, Non désolé je vois pas. Après deux ou trois secondes d'hésitation il s'est lancé, C'est un genre de film pour les mecs qui aiment les mecs. Ça te brancherait ? Ce serait la classe, un porno avec « l'ange blond de Visconti ». En riant il a ajouté Et lui, ça lui plairait tu crois ?

L'attaché de presse a déboulé, Alors Björn ça se passe bien tout va bien ? Figure-toi que *Signor* Visconti vient de m'appeler pour prendre des nouvelles. Je me suis dit que c'était du bluff, jamais Visconti n'aurait appelé, je n'ai pas eu de nouvelles depuis des mois. C'est super, Björn, c'est super, les photos vont être super et il m'a adressé un sourire chaleureux, signe d'une complicité navrée.

Ce soir, une fois tout le monde parti, l'attaché de presse s'est excusé platement et m'a caressé les cheveux comme à un enfant que l'on regrette d'avoir grondé.

Je vais au lit,
Björn

À Tokyo, on m'avait accordé un après-midi de liberté : Voilà enfin l'occasion de voir la ville j'ai pensé. Je m'apprêtais à sortir quand on me retint : n'importe qui pouvait me reconnaître, je ne me rendais peut-être pas compte de l'ampleur de ce qui se passait. J'insistai (hors de question de rester enfermé sans voir la ville), refusai le chapeau ridicule mais acceptai les lunettes de soleil qu'ils me tendirent. À moi-même je disais Bon Dieu, des lunettes de soleil alors qu'il ne fait pas beau, rien de mieux pour se faire remarquer, je suis en train de devenir une de ces stars qui se la racontent.

À la seconde où je sortis de l'hôtel, des hordes de Japonais bondirent. Des mains couraient sur moi, on me touchait comme un touche le visage d'un revenant ou d'un miraculé. Quelqu'un me coupa une mèche de cheveux. J'étais une tortue sans carapace.

J'ai lu qu'après avoir rencontré un succès phénoménal, écrit plusieurs livres et des poèmes, Raymond Radiguet est mort à vingt ans. Il avait publié son premier roman à dix-sept ans, l'âge que j'avais à Tokyo. Son éditeur avait flairé le coup et prévenu toutes les librairies, placardé partout le portrait du jeune type en quatre par trois. Il voulait qu'on admire la jeunesse de l'écrivain fixée par un cliché de Man Ray et un bandeau rouge : *« Le premier livre d'un romancier de dix-sept ans »*. Résultat : cent mille exemplaires vendus en quelques jours, à grands coups d'annonces dans les actualités au cinéma (on l'y voyait signer son contrat avec son éditeur) et les journaux.

Le jeune Raymond racontait dans son livre l'amour d'un jeune de quinze ans et d'une fille de dix-neuf, fiancée d'un soldat de la Première Guerre qu'elle n'aimait plus. C'était choquant, les gens se demandaient comment il était possible d'écrire un truc pareil au sortir de la grande boucherie. Radiguet incarnait la jeunesse qui ne voulait plus entendre parler de ces tranchées, fatigués des morts et des mères éplorées. Surtout, tout cela était-il vrai ? Écrivait-il sa propre histoire ? On se demandait si cet enfant n'était pas le diable lui-même. Il est mort neuf mois après, de la fièvre typhoïde.

Mishima, écrivain connu de tout le monde au Japon (notamment parce qu'il s'est suicidé en public comme un samouraï, par *seppuku*, en s'enfonçant un sabre dans le ventre avant de se faire trancher la tête), a écrit une nouvelle qui s'appelle *La Mort de Radiguet*. Il disait que son ambition était d'arriver à son niveau. Je me demande s'il s'est percé le lard en pensant avoir réussi.

Stockholm,
le 14 juin 2020,

Pappa,

J'ai lu deux fois ton dernier courrier. J'avais oublié non pas le prénom de ma grand-mère, mais le fait même que je ne le connaissais pas. Barbro pour moi n'existait pas. Je ne peux m'empêcher de me demander ce qui se serait passé si elle avait été là. Si ta mère ou ton père t'avait accompagné jusqu'à Venise, à la place ou aux côtés de Nanna. Sans doute auraient-ils freiné sa folie des grandeurs. C'est classique, de vouloir réaliser les rêves des grands-parents. On se dit des vieux qu'ils sont sages, que les vieux savent ce qui est bien, que leurs névroses sont digérées depuis longtemps, qu'ils n'en ont plus, qu'on voudrait bien leur faire plaisir avant leur mort, une dernière fois, leur offrir ce qu'ils n'ont pu s'acheter. Les rêves des parents, à l'inverse, on les prend à rebours. Je me trompe ? Tu as emprunté l'escalier que ta grand-mère aurait voulu monter. Nanna n'a pas regardé qui tu étais, mais pétri ton cerveau encore mou. Je ne dis pas que tu aurais été un grand musicien ni même un musicien heureux, peut-être pas, mais on ne t'a pas donné le choix.

J'ai lu un papier sur l'épigénétique – tu vois ce que c'est ? Je me demande si cette perte, cet abandon coule en moi comme dans les veines de mes enfants.

Robine

Faire-part de naissance d'Elvin Andrésen

Le bébé le plus laid du monde, notre merveilleux petit garçon
Susanna Romàn
Björn Andrésen
Danderyds BB, 10.4.1986

« GUIVRE. C'est une grosse Couleuvre ou Serpent à la queuë ondée ou tortillée [...] Armes du Duché de Milan, qui sont d'argent à une guivre d'azur couronnée d'or issante de gueules, disent les uns, les autres lissante, ce mot d'issante, ou celuy de lissante, signifie en cet endroit un enfant que le Serpent engloutit. »

Pierre PALLIOT, *La Vraye et parfaite sciences des armoiries, ou l'indice armorial de feu maistre Louvain Geliot advocat au parlement de Bourgogne, etc.*, Paris, 1664.

Je voudrais revenir à l'inconscience du corps, quand l'enfant ne cherche pas encore à le découvrir. L'enfant est là dans son enveloppe innocente, l'exhibe sans honte ni pudeur. Il se touche devant ses parents qui lui gueulent Non ce n'est pas bien ne fais plus jamais ça tu entends, ou murmurent Non mon chéri Non ma chérie tu as le droit de le faire mais pas en public, seulement dans ta chambre, si ce sont des parents intelligents. Je me souviens d'une fille quand j'étais petit, j'étais chez elle à Stockholm enfin chez ses parents, un anniversaire sans doute, une fille de ma classe je crois, elle avait commencé à se frotter sur l'accoudoir d'un canapé, je m'en souviens bien parce qu'elle bavait, on devait avoir six ou sept ans et elle se masturbait devant nous en bavant tant elle jouissait d'un plaisir qu'elle ne connaissait sans doute que depuis peu, ignorante du malaise qu'elle créait chez nous, garçons et filles ignorants aussi.

Le pire est qu'on ne se rappelle pas ce temps-là, seulement l'après, quand les enfants commencent à se moquer entre eux d'une dent trop grande ou d'un poil naissant, quand il est déjà trop tard. Chez certains, la nostalgie naît là. La mort de ma mère m'en empêche et c'est le truc bien qu'elle a fait en se balançant : empêcher la nostalgie.

D'ailleurs, c'est pour ça que je ne voulais pas d'enfants quand j'étais gosse, je veux dire je n'imaginais pas avoir d'enfants plus tard. Perdre un parent était suffisant et il me semblait inconcevable d'avoir cette épée de Damoclès au-dessus de la tête. Et s'il m'arrivait quelque chose ? on laisse son enfant derrière soi ? c'est dégueulasse quelque part, c'est une chose inconsciente de faire des enfants c'est égoïste, pire que ça c'est ne pas penser au pire alors qu'au fond il faudrait toujours penser au pire, peut-être qu'on ferait les choses mieux si l'on pensait toujours au pire mais peu de gens pensent au pire, penser au pire c'est penser au plus triste et il n'y a que ça qui permette de se mettre à la place de l'autre, ressentir de la compassion, pour un nouveau-né par exemple que l'on embrasserait en se disant Et s'il perdait sa maman ? et s'il perdait sa maman que deviendrait-il ? on Areuh areuh gouzi gouzi il est mignon il a les yeux de sa mère les joues de son père mais quel manque de courage, on fait des enfants pour se distraire et pour « laisser une trace », combien de fois on entend ça laisser une trace, on ne pense qu'à soi son petit nombril, on se dit qu'un enfant sera là toujours pour nous aimer fort fort quoi qu'on fasse sans juger même quand on sera vieux et après quand on sera mort alors que non, pas forcément, un jour quand tu meurs ton gamin t'oublie aussi et c'est tant mieux. Quoi, j'aurais dû me morfondre toute ma vie, me dire qu'elle avait ses raisons et qu'elle resterait ma petite maman chérie pour la vie ? mais qui emmène ses enfants à l'école, les dépose avec de grands gestes de la main et des baisers de loin, À ce soir mes chéris, à ce soir, avant de se tuer ?

Une autre fille de ma classe avait perdu sa mère, elle s'était jetée par la fenêtre quand la gamine était encore bébé, par la fenêtre de sa chambre, elle avait attendu que la petite s'endorme pour se jeter par la fenêtre de la chambre de sa fille. Parfois ça lui échappait, et la petite en classe lâchait Maman quand elle appelait la maîtresse.

J'ai souvent le sentiment de vivre la vie d'un autre. Björn Andrésen, soixante-cinq ans, bilan : carrière cinématographique de quelques films, parfois bizarres, souvent dérisoires. Chef-d'œuvre à l'âge de quinze ans, à l'ombre duquel le reste a du mal à pousser. Je réécoute les enregistrements de mes concerts de piano, j'avais dix-sept ou dix-huit ans et c'était beau.

C'est clair : j'ai raté ma vie. Peut-être que je veux trouver une raison à ma neurasthénie. (Lu il y a peu que Picabia appelait la sienne, de neurasthénie, « ma neuneu », et j'ai explosé de rire.) Depuis longtemps, la sérotonine n'a plus d'effet sur moi. Comme tout, mon corps s'y est habitué. Alcool, héro, au départ c'était nécessaire, substituts de la lumière. Je n'aurais peut-être pas été bon musicien, mais je ne vis en ce moment que dans ce mythe, celui de l'autre moi qui va et vient depuis toujours. Certains sont meilleurs que d'autres pour créer leur vie, moi je suis passif de l'existence. Être passif de l'existence, d'accord, mais encore me faudrait-il l'avantage de la légèreté qui va avec, ma passivité à moi ne va avec rien. Parfois, on lit dans des nécrologies de journalistes des phrases du genre « un écrivain sans œuvre ». Ça marche aussi, peut-être, un musicien sans musique.

Je n'ai toujours marché que sur des œufs, sol mouvant où tout s'enlise. Souvent, face à telle situation ou telle autre, je me retenais de crier, hurlant à qui se trouvait là d'ouvrir les yeux sur le ridicule. Mais qu'est-ce que ça peut bien faire je pense quand les gens s'engueulent ou m'engueulent, pourquoi se mettre dans un tel état, je ne suis pas là pour ça ça ne m'intéresse pas, tu ne réalises pas que d'autres choses ont bien plus d'importance ? En cela, j'ai souvent par le passé (maintenant je suis trop vieux) été pris d'angoisses à l'idée de devoir travailler, me retrouver dans un bureau duquel je me serais défenestré (encore que de ce que je vois beaucoup d'immeubles aujourd'hui ne permettent plus d'ouvrir les fenêtres, sans doute pour éviter que les gens se défenestrent), incapable de toute interaction professionnelle, forcément grotesque. Je me demande comment j'ai pu si bien réussir ma fille.

Venise,
le 20 mai 1970,

Helmut *mio,*
Tu ne veux pas l'entendre, mais c'est ainsi : dès mon retour, je t'emmène chez un psychiatre. Pas à l'hôpital, mais chez un médecin de ville, le meilleur de Rome. Tu t'y rendras tous les jours s'il le faut, une fois par semaine ou deux ou trois, je t'y accompagnerai moi-même jusqu'à la porte du cabinet. Que peut bien signifier ton dernier télégramme ? Je n'ai rien compris. Essaie de changer de rythme ! Tu ne vis plus jamais le jour, aussi je ne sais même pas si tu ouvres ton courrier. Ce que je sais, c'est que tu seras le plus grand des Ludwig, que toi seul peux incarner vraiment le roi des arts. Si je le sais, c'est bien que tu es fou toi aussi. Il ne faudrait pas toutefois que ton état s'aggrave, nous ne tournerons que l'hiver prochain... D'ici-là, reste debout.

Peut-être t'en moques-tu mais je te raconte quand même. Tournage aujourd'hui de la scène finale : Aschenbach assis sur la plage du Lido, sa mort à la vue dernière de l'enfant. Difficultés avec la teinture des cheveux de Dirk pour qu'elle coule sur son visage au bon moment... Comme un sang noir de jais. C'est dans les détails que les obstacles insistent. Björn, lui, est en maillot de bain, s'avance dans la mer face à laquelle il s'est battu dans le sable peu de temps auparavant, avec un autre garçon. Le dernier plan est celui-là : l'enfant pointant l'horizon confondu avec le soleil, l'enfant lui-même, par sa beauté, mêlé à la lumière. On ne les distingue plus, l'adagietto de Mahler résonne enfin. Je vais faire de lui une star mondiale, Helmut, comme toi, on va l'aduler, l'admirer !

Baci,
Luchino

Stockholm,
le 1er juillet 2020,

Robine,
Joyeux anniversaire ! J'aurais aimé pouvoir t'offrir un voyage, mais je lutte avec le fric. Ça ne date pas d'hier, je sais... Je t'ai dit combien j'ai été payé pour *Mort à Venise* ? Quatre mille dollars ! Évidemment il n'était pas question de négocier et puis je trouvais que c'était beaucoup. Nanna je pense aussi, mais on n'en a pas parlé, cet argent n'était de toute façon pas le sien, bloqué sur un compte jusqu'à ma majorité. Aucune idée précise de ce que j'ai pu gagner au Japon, combien m'ont rapporté le disque les mangas les pubs et tout ça. Je regrette d'avoir tout claqué, si tu savais... J'espère que tu ne m'en veux pas, je me désole non pour moi mais pour toi et les petits. Je préfère te le dire donc au cas où ça t'intéresse : je suis fauché.

Sur le tournage, assistants et techniciens (presque tous gays) s'affairaient autour de moi. Ici on m'apportait du thé pour me réchauffer, là un manteau pour que je ne prenne pas froid. Pour certains, il semblait difficile de comprendre que Björn n'était pas Tadzio, l'enfant n'était pas l'enfant de la vie mais celui du film, tout cela n'était qu'un jeu, ou plutôt tout cela était bien trop grave pour en jouer. On ne rigole pas avec des sujets aussi lourds que la mort et l'amour (chez Visconti on ne rigole pas tout court), d'autant que pour Mann la mort se niche dans l'amour de la beauté, celle de la jeunesse que l'on doit choyer. Visconti disait qu'il n'y avait pas dans *La Mort à Venise* de propos érotique. « Pas de danger de glisser dans la sexualité », parce que l'amour que veut Mann est platonique. L'écrivain cite von Platen :

Celui dont les yeux ont vu la Beauté
À la Mort dès lors est prédestiné...

Quelques semaines avant le début du tournage, Visconti m'a appelé. Pour me dire qu'il était content de m'avoir trouvé, que ç'allait être grandiose, mais aussi que si jamais je décidais de faire l'amour avant le début du tournage, il fallait que je le lui dise. Il fallait absolument que je le prévienne si je comptais perdre ma virginité avant le début du tournage, car cela changerait tout : le sexe se lirait sur mon visage. Certes, il pourrait s'en arranger, s'en accommoder, mais rien ne serait pareil. Le soir, dans un miroir, je me suis observé si longuement que mes propres traits me sont devenus étrangers. Sans savoir comment, j'allais un jour prochain être défiguré.

Il y eut un seul regard, les yeux de Visconti qui incarnaient tous les autres.

Pappa

Ma grand-mère ressemblait à l'impératrice Eugénie. Son caractère impressionnait jusqu'à ses filles, donna Carla et sa sœur, Ercolina, pâle copie de la première, hâve et peu amène. Anna Brivio, épouse de Luigi, héritier de son frère Carlo à la tête de l'industrie familiale, menait d'une même main de fer une foule de gouvernantes, d'employés de maison volontiers incompétents et paresseux, et l'éducation de ses enfants. Ainsi s'en vantait la douairière dont on se devait d'admirer le don d'ubiquité, oubliant qu'elle déléguait entièrement cette éducation à ce que le monde pouvait offrir de précepteurs, se limitant à vérifier leur travail ainsi que celui des demoiselles.

Chez elle, via Marsala, une porte menait directement à la pharmacie. Passé la cour gardée de larges statues dont je craignais les ombres, un grand escalier de bois menait vers les salons de réception de l'étage que l'on pouvait rejoindre, par la grâce de la modernité, en ascenseur hydraulique. L'acide phénique embaumait toutes les coursives du palais, aussi le parfum de mon enfance constituait l'objet des indispositions régulières de ma grand-mère. Notre foyer incarnait le *Haus* allemand : à la fois maison de famille et siège de l'entreprise qui lui offrait sa richesse.

L'aisance financière permettait à mes grands-parents de fréquents voyages d'agrément, le plus souvent à Paris où Anna commandait ses robes. À Milan, la vie se partageait entre ses deux hémisphères, familial et mondain. La bonne société voulait depuis peu que l'on contrôlât les naissances, ainsi Anna n'eut que deux filles à qui, comme Carla le ferait plus tard avec nous, elle enseignait le solfège aux premières lueurs de l'aube. Ma grand-mère ne cuisinait jamais et se risquait peu aux sous-sols, mais composait tous les matins les menus et veillait à la tenue du « livre » de la cuisinière depuis l'un des salons du rez-de-jardin. Anna arrangeait en revanche elle-même les bouquets de fleurs et choisissait leur emplacement ; d'elle dépendait directement l'embauche ou le renvoi d'un domestique. Ses humeurs redoutées étaient changeantes et des jours noirs tranchait l'injustice. Comme Madame Aubain de Flaubert, la duchesse lançait Mon Dieu, que vous êtes bête ! aux cœurs simples qui se fendaient d'un Oui, Madame.

À table, les douleurs chroniques d'une tante ou le mariage d'un cousin et son annuelle préparation constituaient des sujets inépuisables. Les médisances étaient étrangères à notre éducation, tout juste une rumeur ici ou là se risquait à être rapportée et l'on ne trahissait son intérêt pour celle-ci qu'à son détachement plus ou moins souligné, ou l'application avec laquelle on s'employait à la nier. Il allait de soi d'approuver une opinion émise, jamais n'aurait-on osé contredire l'un des convives. On savait manifester autrement son désaccord : lever la main vers un laquais ou déposer sa serviette sur le côté de son assiette annonçait les premiers grondements d'un tonnerre que l'on aurait préféré garder au loin. Mes souvenirs d'enfance sont peuplés de règles tacites qui ne s'enseignaient pas comme on apprend la politesse, dire bonjour, au revoir et merci, ne pas mettre ses coudes sur la table, cacher ses bâillements comme ses pleurs, réservés aux « gens de maison ». Le respect des lois de notre rang ne reposait que sur une danse, théâtralisée, remise en scène tous les soirs, que l'on appelait le savoir-vivre. Un langage sourd qu'il nous fallait assimiler pour nous faire entendre.

Nous, les enfants, n'étions jamais considérés chez mes grands-parents comme des êtres à part entière. Nous servions d'ornements, représentations vivantes d'une position que l'on se transmettait. Nos vêtements étaient toujours commentés : les plus grandes originalités permettaient de se démarquer, des soieries aux dentelles les plus fragiles. On souriait de la beauté de nos « peaux jeunes » que l'on s'employait à caresser avant de nous envoyer dans nos chambres. La colère de ma grand-mère fut longtemps racontée, quand je refusai un soir de monter me coucher. Ce soir-là, je voulais rester à table avec les invités. Sa gifle me fit tomber ; Mademoiselle Hélène accourut pour me relever sur qui je crachai en me débattant. Anna, du haut de sa chaise, réprima un sourire narquois, dont j'ai longtemps pensé qu'il était teinté de fierté.

Sur les photos, ses lèvres pincées dessinent le bec d'un oiseau de proie. De part et d'autre de l'immense table de la salle à manger, quand de bonne humeur Luigi se risquait à l'entretenir des livres qu'il aimait ou des vers lus au matin qu'il se plaisait à réciter, sa femme regardait ailleurs, le plat trop salé ou la confiance qu'on ne pouvait plus accorder aux cuisinières, signifiant non tant son manque d'intérêt que sa frustration, celle de ne pas être suffisamment cultivée pour répondre du même esprit. Comme Noémi, l'aïeule de Marguerite Yourcenar qui vécut peu ou prou aux mêmes années, la mienne mourut du cœur. « Du cœur ? s'étonna un voisin de Noémi. Elle ne s'en est pourtant pas beaucoup servi. » Comme elle, Anna grandit dans un temps où l'on devait maintenir les domestiques « à leur place », où l'on se devait soi-même de « se tenir », où toute discussion un tant soit peu profonde était « assommante » et donc bannie au risque de paraître « rasoir », où les chiens étaient empêchés d'entrer dans le château au risque de salir, où l'on ne distribuait aux pauvres que du bout des doigts de peur des poux et des odeurs et où, comme l'écrit Yourcenar, avoir avait déjà pris le pas sur être. Comme Noémi, Anna disait mon valet comme mon mari, Monsieur quand elle parlait de ce même mari aux valets qui se devaient de s'adresser à elle à la troisième personne, parlait de *sa* maison comme si la propriété ne fût qu'à son nom. Elle y régnait selon des règles qui restèrent toujours étrangères à Luigi. Monsieur était la plupart du temps ignoré, contredit en public quand il se prenait à raconter une historiette, repris sur son déroulé ou sa véracité.

Si les choses de la chair n'ont jamais pris part aux discussions de la famille, celles-ci, bien que permises par l'union, lui restèrent toujours coupables. Anna se plaisait de sa vertu. Sur les photos, sa roideur la trahit, son visage est lardé des traces d'une vie bientôt achevée. Entre l'enfance et là, la vieillarde a traversé des rivières dans lesquelles elle ne veut plus nager. Elle laissera à son tour des enfants élevés non sans affection, mais dans la vertu cardinale de la pudeur.

Stockholm,
le 2 juillet 2020,

Robine,

Nanna s'était dit Pourquoi on n'y arriverait pas, on n'est pas plus cons que les autres. Nanna se foutait des études, c'est pour ça que j'ai dit qu'elle ne voulait pas faire de moi quelqu'un d'important mais de connu, c'était plus gai plus vivant alors le cinéma elle l'avait choisi pour moi comme la mère de Romain Gary avait choisi l'écriture pour lui, refusant à son fils la peinture. Rêves de grandeur qu'on s'attache à ne pas décevoir. J'avais déjà tourné dans un film avant celui de Visconti, un long métrage un peu naïf qui s'appelait *Une histoire d'amour suédoise* et a sûrement plaidé en ma faveur lors du casting. Il paraît que Visconti m'avait choisi pour une chose surtout : la couleur de mes yeux. Il disait que j'avais des yeux comme Mann les avait imaginés, « des yeux couleur de l'eau ». As-tu déjà vu l'eau de Venise ? Trouble, gorgée des pieds du monde. Dans ses souvenirs, Sartre écrit que « l'eau donne à Venise des couleurs de cauchemars. »

J'étais content, ça devait être une sorte de super job d'été, l'occasion d'aller en Italie sans rien payer, de gagner un peu d'argent et puis Nanna venait avec moi, je n'étais pas seul. On ne lui avait rien dit à Visconti, il ne savait pas que Nanna serait là alors il avait engagé Myriam, une institutrice censée me faire faire mes devoirs. Je la revois en retrait, assise sur la plage, lointaine et indifférente.

Je crois que je refusais que ma grand-mère et moi soyons différents, non seulement différents mais deux personnes distinctes. Je devais penser comme elle, c'était la mère de ma mère, la seule qui me restait, une fois d'ailleurs je l'avais appelée Maman alors gêné je m'étais repris tout de suite et elle avait dit Non du tac au tac, non ne t'inquiète pas, tu peux m'appeler Maman si tu veux c'est bien c'est presque pareil après tout grand-mère mamie maman ce n'est pas important. Je me revois lui raconter, le soir après le tournage, lui raconter en détail ce que le maître me disait, combien j'étais fier parce que je m'étais pris au jeu, Eh Nanna tu te rends compte il m'a dit ça ! il a fait ça ! je goûtais au plaisir d'être aimé par quelqu'un d'autre qu'elle.

Au bout de quelque temps, les rôles se sont inversés. Nanna s'est montrée de plus en plus mesurée, comme si elle disait Je me protège, au cas où, au cas où tout cela ne serait qu'un mirage où tout cela tournerait mal, je me bouche les oreilles lalala qu'est-ce que tu dis ? lalala j'ai les oreilles bouchées tu peux me dire ce que tu veux lalala je n'entends pas, désormais elle avait peur. Peut-être que ma grand-mère refusait de me perdre, qu'elle ne savait pas quoi faire, au fond, de la célébrité. Tu es Björn je le sais bien et je vois que tu es toujours Björn mon petit-fils que j'aime mais même si tu me dis que tu es resté celui que tu étais je ne te crois pas. Quelque chose nous sépare, l'image de toi nous sépare. Tu appartiens à présent à un monde qui n'est pas le mien.

Un soir après le tournage, elle m'a demandé si je travaillais bien avec Myriam, si je réussissais entre les prises à apprendre quelque chose, elle semblait s'inquiéter pour la première fois, se demander si retenir mes cours et participer à ce tournage en même temps n'était pas au fond impossible. J'ai écrit qu'elle se foutait des études qui pour elle ne rimaient qu'avec l'ennui, les conflits et les moqueries qu'elle avait elle-même connus, l'école qui n'incarnait sans doute à ses yeux qu'un avant-goût des malheurs futurs d'une vie collective et sans saveur. Je lui dis Oui oui vaguement, j'avais du mal à comprendre cet intérêt soudain, je lui dis Oui oui mais de toute façon je n'irai pas à la fac puisque je serai acteur, je voulais dire Oui oui j'apprends deux trois trucs mais à quoi bon, et puis je lui dis À ce propos, à ma majorité je voudrais m'installer dans un appartement à Stockholm, pas forcément loin de chez toi mais tout seul. J'ai dit que j'allais gagner de l'argent avec le film, le film et ceux à venir, que si Visconti était si connu sans doute que j'allais le devenir aussi, je gagnerais suffisamment. Elle s'est raidie, Il n'en est pas question. C'est hors de question, tu seras encore beaucoup trop jeune pour vivre seul, tu n'es pas capable de te faire cuire un œuf alors le reste tu n'y penses pas ! J'ai haussé le ton, me suis cru apte à lui tenir tête, c'était la première fois qu'on s'engueulait et c'est là qu'est arrivée la craquelure, quelque chose s'est brisé à ce moment précis qu'on ne recollerait pas, ce soir du début de l'année 1970. Je me retenais de pleurer alors qu'elle insistait, je disais que c'était n'importe quoi, que je n'allais pas vivre toute ma vie avec elle, qu'un jeune homme ne passe pas toute sa vie avec sa grand-mère, qu'elle ne pensait tout de même pas que j'allais passer mon existence aux côtés d'une vieille en attendant qu'elle meure. Elle se tut quelques secondes en me regardant, puis lâcha Björn, où es-tu passé ?

B. - mort à V.

Retour de Maria sur scène après des mois d'absence. Fier de mon Franco Zeffirelli qui a réussi une prouesse : *Tosca* a été orchestré d'une main de maître, et la Divina acclamée encore une fois. Certains dormaient depuis quatre, cinq nuits dehors avant l'ouverture de la billetterie. Tous se demandaient comment Maria allait chanter : n'était-elle pas trop fatiguée, sa voix dominait-elle toujours les sommets ? Quel âge a-t-elle, au juste ? L'art lyrique est un sport olympique. Et puis les frasques d'Onassis et les scandales ne l'ont-elles pas anéantie, elle qui se rêvait en épouse tranquille ? Dans une atmosphère électrique, on redoutait qu'elle annulât au dernier moment.

Dès les premières secondes, le soulagement a laissé place à l'extase et l'on s'en est voulu d'avoir douté. La Callas est immortelle, aucune fausse note ne viendrait la faire chuter de son piédestal. L'acte II, filmé, restera dans les mémoires. Son retour est digne du 19 décembre 1958, à Paris – récital auquel on dit que cent millions d'Européens ont assisté, en retransmission –, qui achèvera j'espère de jeter le fiasco romain aux oubliettes. Ce soir-là, au palais Garnier, toutes les étoiles du monde brillaient pour elle. À la dernière note, le souffle coupé, le plus bel Opéra du monde s'est levé. La voix du siècle, qui portait à son cou des millions d'or et de diamants, s'est inclinée.

Après le dîner, je l'ai accompagnée jusqu'à la portière du taxi. Elle m'a alors demandé d'être gentil, ce fut son mot, avec Franco. J'ai entendu plus gentil. En moi-même, j'ai pensé : voit-elle en Zeffirelli un parangon de vertu ? Lui aussi est impulsif, plus d'un chanteur lyrique l'assure. Maria a convoqué le souvenir de Proust, qui comparait les êtres aimés à de « charmants jardiniers par qui nos âmes sont fleuries ». En montant dans la voiture, elle a insisté : « Tout le monde n'a pas le cuir de ton intransigeance. »

Venise,
le 20 mai 1970,

Maman,

Tournage aujourd'hui de la dernière scène. Visconti m'a parlé de Nietzsche, lentement comme à son habitude pour que je comprenne, il répétait Tu es Apollon, toi tu es Apollon et tu dois tuer Dionysos. Dionysos c'est Aschenbach, le musicien tué par la beauté. Toi Björn tu es Apollon et tu tues le musicien, mais si tu restes planté là comme ça ce n'est pas Dionysos que tu vas tuer, c'est tout mon film ! Ta petite gueule ne suffit pas, il faut que tu prennes conscience de la chance que tu as il gueulait, il faut que tu nous donnes envie, il faut que tu me donnes envie ! As-tu jamais pris conscience de ce que tu fais, de ce qu'on fait ? J'espère que je ne me suis pas trompé sur toi !

Autour de nous, les rares techniciens qui restaient regardaient leurs pieds comme s'ils n'avaient rien entendu. À voix basse, presque en chuchotant, ayant peut-être pris conscience du spectacle qu'il venait de donner, Visconti s'est penché vers moi et m'a dit Tu sais, il y en a d'autres, et il y en aura toujours d'autres. Des garçons blancs et blonds et beaux qui veulent jouer avec moi, des garçons que je pourrais admirer aussi, à qui je pourrais donner une chance, il n'est jamais trop tard dans la vie, jamais, la file d'attente est longue et j'aurais l'embarras du choix alors il va falloir être gentil et m'écouter, maintenant il va falloir faire un effort.

J'étais incapable de bouger. Il a vu que je me retenais de pleurer, alors il a tourné les talons.

Plus tard dans la journée, il est passé à Dirk. Difficulté avec la teinture noire, censée couler de ses cheveux comme des larmes de ses yeux tandis qu'il regarde Tadzio s'éloigner dans la mer, au moment où la mort l'emporte. Visconti a refait cette prise je ne sais combien de fois, je comptais au début et puis j'ai arrêté. Le noir ne coulait pas ou coulait trop, alors il fallait changer les vêtements ou les laver puis refaire le maquillage et refaire couler. Luchino voulait que Dirk pleure, mais Dirk mettait trop de temps alors Luchino lui hurlait dessus, Dirk c'est le moment ou jamais, Dirk qu'est-ce que tu fous bordel c'est maintenant ! à l'allure où tu vas, la nuit va tomber ! Regarde plus loin, pas ici, par là, arrête de bouger, tremble seulement et pleure ! Dirk s'agaçait, se tortillait, Ça va péter a lâché Marco, un assistant, et c'est le moment où Dirk s'est levé, Arrête ! Luchino, bon sang, arrête ! Alors, le monde s'est arrêté de tourner : on ne répond pas à Visconti. C'est moi qui décide si j'arrête ou non, si tu arrêtes ou non ! criait le maître de plus belle. Vaincu, Dirk Bogarde s'est mis à pleurer. Victoire : Visconti pouvait enfin capturer les vraies larmes d'Aschenbach. Action ! J'ai entendu quelqu'un derrière moi murmurer Il a fait pareil avec Delon dans *Rocco et ses frères*... Coupé ! Dirk s'est précipité dans sa loge sans se retourner, Luchino ne lui a pas jeté un regard.

Ce soir, pas un mot n'a été prononcé.

Björn

Une chose ici, que je ne saurais écrire à H. sans déclencher la foudre.

En ce dernier jour comme tous les autres avant lui je me suis mis dans la peau des acteurs, juste avant la scène, afin de leur indiquer la marche à suivre. Je veux leur montrer physiquement l'image que j'ai en tête afin qu'ils puissent scrupuleusement la reproduire, dessin à colorier sans dépasser du cadre. Ainsi, je me suis placé dans le dos de Björn et j'ai pris son bras. Plutôt j'ai pris sa main, ma paume sous la sienne, et je l'ai levée, pointée au loin : Tadzio désignait l'horizon. Björn se tenait contre moi, maigre et fragile, les os coupants, et j'ai senti l'odeur de sa nuque au duvet blond, de ses cheveux au goût de sel. Je lui ai demandé de compter jusqu'à quinze, de rester là un long moment alors j'ai compté avec lui jusqu'à quinze avant que sa main ne redescende et lâche la mienne. Me sont revenues les *Noces* de Camus, « mon cœur bondissant de jeunesse » et « l'immense décor où la tendresse et la gloire se rencontrent dans le jaune et le bleu ». Je lui offrais l'Adriatique, le ciel et la mer, le monde à venir. J'aurais pu ne pas compter avec lui, simplement lui dire de le faire, plus tard, quand la caméra tournerait, mais il me fallait m'assurer de sa lenteur, du temps qu'il devait mesurer et que je prenais avec lui, lui seulement à cet instant. Il ne dit pas un mot, attentif et presque nu. Son maillot de bain soulignait les petits muscles de ses bras, de ses cuisses, ses fesses à ma ceinture. J'ai senti dans mon cou les souffles mêlés du cinéma et de l'extase.

Chapitre troisième

Au lieu de cela, il serait l'incarnation même du déclin.

Colm Tóibín, *Le Magicien*

Grand Hôtel des Bains, Venise,
le 21 mai 1970,

Helmut,
Le tournage est fini et le sommeil m'évite, je me relève dans la nuit tombée depuis plusieurs heures. Plus de scènes à jouer, de dialogues à ajuster. Le Grand Hôtel reprend vie, les clients ont réinvesti ses salons. L'équipe a levé le pied et dès demain repartira pour Rome. Je reste seul dans ce lieu qui est le mien : on habite pour toujours les vacances de son enfance.

Venise est faite pour se perdre ; il est aisé ici d'emprunter à l'écart de la foule une venelle oubliée. Quelques minutes après la fin du tournage hier, je me suis éclipsé. Tu sais comme je n'aime pas m'éterniser, dire au revoir. Très vite je suis tombé sur une place vide, traversée en hauteur de fils à linge. On n'y entendait que l'eau d'une fontaine en pierre d'Istrie. Je crois ne rien aimer tant que les placettes sourdes de Venise où je resterais des heures assis. J'ai retrouvé le *campiello dei Calegheri* qui sera dans le film, rendu à ses airs abandonnés. Derrière les murs, on devinait la table que l'on dessert, les petits que l'on couche pour la sieste et les vieux qui soupirent, chaque jour à la même heure. Les plaintes se faufilaient à travers les portes entrouvertes. Un peu plus loin, une mariée sortait d'une chapelle suivie d'une assemblée riante et peu fournie ; la traîne a manqué de se déchirer au moment de monter à bord de la gondole. De l'autre côté du canal : le palais Giustinian. C'est là qu'est venu Proust à deux reprises, il y a exactement soixante-dix ans. En mai 1900, le palais abritait l'hôtel de l'Europe où Verdi lui aussi résidait quand il venait à la Fenice. Proust y dormit une première fois avec sa mère (la première fois qu'il voyageait avec elle à l'étranger), puis la seconde seul, cinq mois plus tard. On connaît la photo de lui assis sur la terrasse de sa chambre, de dos, en manteau malgré la douceur qu'on imagine, légèrement de profil, le regard penché vers l'eau. Songe-t-il à Reynaldo Hahn, qu'il allait retrouver le soir ? aux tableaux de Gentile Bellini ou de Véronèse qu'il utiliserait dans *La Recherche* ? Après une dizaine de minutes, la course d'un enfant a rompu mes songes ; je m'étais éloigné de la douane de mer. Derrière moi, un fourmillement annonçait une rue par laquelle revenir vers le sud.

Sans me perdre, j'ai vite gagné la place Saint-Marc et l'embarcadère pour San Michele : l'île cimetière est le joyau de la ville que je voulais revoir. Favretto, Fragiacomo et tant d'autres y dorment à l'abri de leurs caveaux fleuris de rosiers. J'étais seul avec eux. Défilant devant les marbres pour leur parler, j'ai pensé à ma propre sépulture : ne serait-ce pas une bonne idée de les rejoindre ? Passer l'éternité à Venise aurait de l'allure et le cinéma est fils de la peinture : je dois sans doute autant à son père qu'à Jean Renoir, à Odilon Redon ou à Gustave Moreau... Seuls les morts nous entendent, et j'ai cru sur mon épaule sentir la main tendue de ma mère depuis la terre milanaise.

Suis rentré au Lido par le dernier vaporetto. Les yeux fermés durant toute la traversée, je pensais à Aschenbach cherchant à quitter le Grand Hôtel et Tadzio lorsqu'il se sent vaciller - avant de rebrousser chemin - que j'ai filmé en contre-plongée. Quant à Tadzio, je ne sais pas ce qu'il adviendra de lui. Après tout, Björn n'est peut-être pas un acteur. En tout cas. pas encore. Sa barbe a beau poindre, il est toujours un gamin. Peut-être n'aura-t-il plus envie d'entendre parler de cinéma, restera-t-il toujours auprès de sa grand-mère qui aura en vain formé le vœu d'une vie meilleure au parfum de succès. Mais en a-t-il les épaules ? J'en doute de plus en plus.

Le temps est doux et l'été approche, l'hôtel sera complet dans quelques jours. Rien n'a bougé ou presque, aussi je suis sorti chercher Carla sur la terrasse.

Quelques femmes occupaient les fauteuils en osier cachés entre les colonnes aux feuilles d'acanthe et les bananiers ; l'une d'elles se laissait bercer par un concerto de César Franck, ignorant sa tasse de thé où sombrait un pétale ; une autre, sous son chapeau enrubanné, se tenait au bout d'un porte-cigarette dont l'ivoire répondait au corozo de son gant de suède. Je n'ai pas retrouvé ma mère, sûrement déjà montée se coucher.

Réponds-moi tout de suite ; tout à toi de cœur.

Baci,

L.

Rome,
le 2 juin 1970,

Chère Maman,

Luchino a mis son plan à exécution et m'a traîné de force chez un psy. Il m'a flanqué manu militari dans sa voiture ! Je ferai semblant, mais pas question de remettre un pied chez ce toubib. (Il est capable d'appeler le médecin pour avoir la confirmation que je suis bien venu, mais j'aviserai en temps voulu.) Aller contre sa volonté serait affronter davantage encore ses colères, de plus en plus régulières, ou risquer de me retrouver jeté à l'HP.

Le tournage de son film est fini. Il était temps, pour lui et moi aussi, tant le garçon semble l'avoir déstabilisé. La crainte de perdre ma place auprès de L. m'a longtemps asphyxié avant de me laisser tranquille ces dernières années, et voilà de nouveau que la nuit semble tomber. Que m'arriverait-il s'il me chassait ? Au fond, peut-être que je serais mieux, libéré une fois pour toutes de la peur de le perdre. Quand il parle du petit, il est à la fois irascible et mystérieux. La projection et l'espoir ont mué et la lumière semble trop vive. Dans la nouvelle de

Mann, l'attraction du vieil homme pour l'enfant est justifiée par les mythes grecs, par Platon, Homère et Plutarque, garants de la noblesse du cœur. La déchéance morale est sauvée par le triomphe de l'esprit, « la purge des passions par la connaissance ». Luchino a désiré l'innocence, mais l'innocence n'était plus dès lors qu'il l'avait désirée.

Je sais, chère Maman, que je peux tout te dire et c'est mon plus grand bonheur. Aussi, j'en viens à ma soirée d'hier. Tout Rome était réuni pour un anniversaire - celui d'une actrice en déclin que tu ne connais sûrement pas -, banquet en blanc sur les hauteurs de la ville que l'on distinguait, au loin, luisant entre les pins. La cocaïne me plaît tellement que j'ai acheté il y a peu une paille chez Gucci, que je garde en pendentif. La drogue m'attache et mes sphincters me lâchent : mon pantalon de smoking (blanc, donc) fut recouvert de merde en plein milieu du repas, sans prévenir. Les convives, un à un, s'interrogèrent sur la provenance de l'odeur. Sans plus attendre je me suis levé, et debout sur ma chaise j'ai montré mon cul merdeux. Puis sans un mot je me suis tiré, fier de ma sortie. Ils s'en souviendront ! Je n'avais de toute façon rien à foutre parmi ces branques.

À cet instant, la nostalgie me monte au nez alors je m'arrête et t'embrasse.

Viel Spaß,
Deiner Helmut

À l'entrée, le porte-manteau se décroche, la patère que j'ai vissée y a quelques années. Il faudrait que je la resserre ou que j'en trouve une autre, plus jolie. En dessous, le meuble à chaussures déborde alors que je n'en porte plus qu'une paire, une autre l'été. Première à droite : la cuisine, qui donne sur des immeubles moches, des tours que je m'efforce de ne pas regarder. Beaucoup de gens se foutent de la vue qu'ils ont de leur appartement, je n'ai jamais compris ça, en ville les gens se disent De toute façon on aura vue sur des immeubles et souvent les immeubles sont moches mais moi je ne m'y fais pas je n'arrive pas, certaines mémères auraient accroché des rideaux en dentelle ou laisseraient les volets fermés mais ce serait encore plus glauque et je ne suis pas une mémère. Deuxième à droite un peu plus loin : la salle de bains, qu'il faudrait entièrement refaire. Avec un bidet, plus personne n'utilise de bidet mais j'ai entendu dire que c'est revenu à la mode, que les années soixante-dix « reviennent en force ». Face à la cuisine, le salon salle à manger, et face à la salle de bains, ma chambre. Au bout du couloir, l'autre chambre, la deuxième, celle qu'avait Robine me sert aujourd'hui un peu à tout, surtout à la musique. Quand mon cousin s'est tué il y a quelques années, mon oncle et ma tante ont décidé de garder sa chambre intacte. Depuis ils la laissent toujours fermée à clef.

Je suis allé faire des courses aujourd'hui, j'y vais le samedi comme quelqu'un qui ne pourrait pas y aller en semaine. J'essaye de me garer toujours entre les caddies et l'entrée du Konsum (parfois je vais à l'Extra, moins cher). J'aime chercher la place qui me fera le moins marcher, pas trop près des caddies parce que trop loin de l'entrée, pas trop près de l'entrée non plus parce que de toute façon après il faut rapporter le caddie. J'achète à peu près toujours la même chose, je déteste cuisiner et ne sais pas le faire mais je ne cherche pas à apprendre, passer tout ce temps pour un truc que tu manges en trente secondes m'ennuie, déjà que je n'ai jamais le temps de rien, alors je n'ai pas le temps de cuisiner. Quelque chose me manque mais je ne sais pas quoi, je cours toujours après. Ça arrive qu'on me reconnaisse, Oh regardez, c'est l'enfant de *Mort à Venise*, comme ses cheveux sont devenus blancs, alors je tourne la tête et m'enfuis.

Je fais les courses pour la semaine, souvent je me dis que je prends beaucoup trop de compotes mais tout y passe en moins d'une semaine, alors je vais chez l'épicier en bas en racheter. Je n'en prends pourtant pas davantage le samedi, je me dis que ce serait trop, trop cher trop lourd. Je prends des bières aussi, en canette maintenant parce que je commençais à me sentir coupable de ne pas faire le tri, le verre devait s'entendre dans mes poubelles et j'imaginais tous les matins les éboueurs au pied du camion se dirent Putain qui est le connard qui met encore ses bouteilles de verre dans ses poubelles. Ça non plus je n'en prends pas assez, mais je peux encore moins en prendre que des compotes, je ne suis pas alcoolique pas encore enfin je crois pas, alors j'en achète à trois fois le prix chez l'épicier elles aussi quand j'en ai plus mais je préfère. Je passe au jambon, pâtes, fruits que je laisse souvent pourrir mais je culpabilise si je ne prends pas de fruits, et à la nourriture pour le chat. Des croquettes et de la pâtée, mais pas trop sinon il devient gros et le véto m'a dit de faire attention - il a voulu me vendre des croquettes allégées pour mettre le chat au régime et je lui ai ri au nez. Ce que je préfère surtout, c'est de savoir que même si je fais mes courses le samedi comme tous ces gens que je croise, comme tous les cadres dynamiques et mères débordées, je pourrais les faire un autre jour. Je pourrais venir là le lundi matin par exemple, quand il n'y a personne - même si je ne me lèverais jamais pour. Le samedi me donne l'illusion d'une vie comme tout le monde, et à cette pensée, le fait de ne pas avoir la vie de tout le monde, mes épaules se délestent d'un poids. La même sensation que j'avais plus jeune quand j'acceptais d'aller le soir chez untel ou unetelle et qu'au dernier moment j'annulais pour rester chez moi. La douceur du canapé où l'on s'allonge sans être malade, la maison le samedi soir devenue si accueillante. Cet imprévu me comblait. J'étais l'ami sur qui l'on ne pouvait vraiment compter, je créais des ruptures et m'épanouissais dans le désir né de mon absence.

Bien sûr, on devait me juger. Juger comme moi je juge toutes les personnes que je croise au supermarché. Je vois ceux qui ont encore moins de fric que moi, ou juste qui font plus attention que moi et comptent tous leurs coupons de réduction, et je me dis Autant se buter que de compter ses coupons de réduction.

Je n'ai toujours connu chez nous qu'une profusion d'animaux - vivants ou brodés sur les bestiaires des tapisseries -, aussi je ne sais combien nous avions à la maison de chiens ou de chats, sans compter les oiseaux et petits reptiles. Ma sœur Uberta a gardé cette manie et son appartement romain, bien que parfumé de plantes rares et de bois exotiques, atteste cet amour... (Que devait-on sentir via Cerva ou à Grazzano, où l'été nous emmenions tout ce monde en cage ? Mon nez n'en a pas gardé le souvenir.) Pour les enfants élevés en porphyrogénètes que nous étions au début du siècle, ces animaux représentaient des cadeaux de choix. J'ai reçu un lion pour mes huit ans, à dix un ours que l'on m'offrit en grande pompe - des habitants du village avaient été invités à assister à l'événement annoncé par le journal. Le 2 novembre 1916, malgré le froid, on se pressa dans les jardins du palais où mon père avait fait installer un amphithéâtre, non loin des serres. Un dresseur y présenta l'animal sous les acclamations d'un dimanche de fête. On ne put toutefois le garder que quelques semaines, tout au plus : l'ursidé comme le fauve grandirent – ce à quoi personne ne semblait avoir plus tôt pensé – et devinrent dangereux.

Nos parents nous le répétaient : il n'est de meilleur moment pour monter à cheval que le mois d'octobre. C'est en cette saison que l'on en perçoit tout l'intérêt : l'odeur des montures, de la sueur mêlée à celle du crottin épouse alors leur robe, baie ou alezane, pareille aux feuilles tombantes. Le soleil ras élargit les champs dont la terre n'est pas encore dangereuse ; dans la lumière faible les animaux scintillent, le sable des carrières reflète leurs flancs entre les ombres.

Nous galopions derrière ma mère, écuyère en habit noir et jabot de dentelle, sur les rives du lac de Côme, sur les chemins escarpés qui menaient vers des sommets d'où l'on cherchait à mesurer, non sans souligner la difficulté qui nous gonflait d'orgueil, l'étendue de notre royaume. Notre âme bien née ne pouvait grandir sans la maîtrise d'une activité physique comme celle d'un art qu'il s'agissait de polir jusqu'à la perfection, objectif affiché de toute chose étranger aux considérations stériles de plaisir ou d'amusement. Ainsi ma mère nous enseignait elle-même le violoncelle, tous les matins à 6 heures, qu'importe l'heure à laquelle elle s'était couchée, après avoir ou non reçu et dansé, ma mère dont j'entends l'écho depuis un des salons du premier et dont la main touche la mienne sur l'archet, ma mère que j'accompagnais à la Scala – depuis la loge familiale, nous nous laissions bercer par les opéras sur lesquels régnait *La Traviata ;* Verdi était un ami et à nos yeux milanais la seule étoile du ciel que ma tante avait eu, par le privilège de sa naissance, dans la nuit du 27 au 28 janvier 1901, la chance de voir s'éteindre dans son lit –, ma mère à qui personne ne résistait, impressionnant jusqu'à moi-même et aux côtés de qui je jouais parfois timidement, le soir, en l'honneur d'un invité. Durant la Première Guerre, dix soldats étaient le dimanche conviés via Cerva. En ce temps-là, impensable était, pour notre famille comme pour celles que nous fréquentions, de ne pas participer à notre mesure à l'effort national. Une fois les invités annoncés, Carla descendait les escaliers comme si, loin de l'agitation mondaine, rien n'avait alors à ses yeux plus d'importance, comme si leur présence était attendue depuis longtemps. Elle riait, s'adressait à eux la main posée sur leur avant-bras comme le ferait une amie, s'enquérait de leur confort. L'un des hommes, particulièrement reconnaissant d'avoir pris place dans le petit théâtre du palais, fit montre d'insistants baisemains que nous allions singer à l'envi durant les jours qui suivirent. Peu après sa venue, il fit livrer d'immenses bouquets de fleurs à l'adresse de la *contessa*, accompagnés d'un poème qui m'était destiné : *L'Âme du violoncelle*. Léon-Paul Fargue (à moins que ce ne soit Paul Fort ?) était à Paris proche de Ravel et Debussy, et je vis là le signe d'une délicate alliance des cœurs que le destin avait pris soin d'unir.

Stockholm,
le 7 juillet 2020,

Pappa,

Qu'est-ce que tu fous ! Une de tes voisines (je ne l'ai pas reconnue au téléphone, je ne sais pas qui c'est et je n'ai pas pensé à le lui demander, trop énervée) m'a appelée pour me dire qu'elle avait retrouvé ton chat sur son lit : il avait pissé sur son oreiller. Tu percutes ou pas ? tu comptes faire quelque chose ? Pissé sur son oreiller ! Je t'avais dit que c'était une mauvaise idée de le prendre ce chat, pardon d'être franche mais il faut déjà s'occuper de toi et tu y parviens à peine, alors d'un animal ! J'aurais dû te l'interdire, mais est-ce à moi d'empêcher mon père qui n'est pas encore sénile (encore que j'en doute de plus en plus) d'avoir un chat ? Je pensais que ça irait, mais non, bien sûr que non, j'écris ces mots sous la colère, excuse-moi mais j'en ai marre, elle a frappé longuement à la porte dit-elle et tu n'as pas répondu, mais quelques heures plus tard elle t'a entendu sortir... Elle a foutu le chat dans la rue, j'imagine qu'il est maintenant perdu. Pauvre bête. J'imagine aussi que ça t'est égal. Récompense pour quiconque retrouvera ce petit chat mignon à son papa, ce petit chat dégueulasse qui n'a jamais été éduqué parce que son papa s'en fout, son papa non plus tu me diras n'a pas été éduqué alors il ne sait pas faire, éduquer les autres c'est pas son fort, ni son chat ni ses gosses.

Bref, j'arrête là, j'ai dit que j'allais t'aider. Veux-tu que je le prenne chez moi ? Personne n'est allergique ici, et notre appartement est plus grand. Je pense que ce serait mieux. Si tu es d'accord c'est tout réfléchi, je prends ton chat la prochaine fois que je viens. Encore faut-il que tu le retrouves.

Bref,
Puss puss,
R.

PS : As-tu finalement pris rendez-vous chez le coiffeur ? Ce serait une bonne chose. Demande à couper la barbe aussi - elle devient aussi longue que tes cheveux... C'est joli l'argenté, mais ça vieillit. Tu sais, tu seras toujours aussi beau. Quand je revois des photos de toi jeune, je me dis C'est fou comme il n'a pas changé.

Jessica,

Si tu passes, ce mot est pour toi : je vais me reprendre. Robine a jeté le tapis du salon, plein de bestioles. J'ai besoin de toi aussi, si tu veux bien encore de moi. Je crois qu'il faudrait lessiver les murs de mon appartement... Je crois, mais je ne suis pas sûr à force de les voir, qu'ils ont noirci.

Si tu veux bien m'aider, je te ferai à manger comme autrefois. Et même si tu ne veux pas, je te ferai à manger comme autrefois. J'aurais aimé, sur ce papier, pouvoir écrire : « Suis parti à la plage. »

B., sorti marcher.

PS : Elvin aurait eu trente-quatre ans aujourd'hui.

Rome,
le 2 juin 1970,

Helmut,

Valentino m'a téléphoné pour me raconter la soirée d'hier, aussi sache que la plus grande honte m'étreint. Comment peux-tu ? Je vais dorénavant réguler tes sorties et relations nocturnes. Tes clefs de l'appartement ainsi que celles de ta voiture resteront avec moi. Ne t'avise pas de soudoyer les gouvernantes : elles seront renvoyées si elles t'en donnent un double ou t'informent du lieu où je les cache. Par ailleurs, toutes les bouteilles d'alcool qui se trouvent ici seront vidées. La cocaïne, l'ecstasy et le hasch iront à la poubelle. Je veux croire qu'il est encore temps de te sevrer sans trop de sueur.

Ton anniversaire à Paris aurait dû m'alerter : détruire l'appartement de la comtesse d'Estainville par seul amour de l'excès est un fait d'armes dont on se passerait. Je sais bien qu'Hélène est folle et que son union avec un amant de Pierre Bergé est un désastre, mais enfin ne crois pas que je vais te laisser emprunter le même chemin dans l'allégresse. Le psychiatre m'a fait part de ton sentiment d'insécurité, ta peur de ne pas être à la hauteur, l'exigence que je peux imposer... Mais cette exigence, Helmut, est l'apanage des grands acteurs.

Sans doute un jour me remercieras-tu.

Je te gifle et t'embrasse,
Luchi

Stockholm,
le 10 juillet 2020,

Ma chérie,

En lisant Pauvre bête dans ta lettre j'ai repensé à ma mère. Barbro disait les bêtes pour parler des animaux, je crois que pour elle ça voulait dire bête sauvage, montrer qu'un animal ne reste jamais qu'un animal, que l'anthropomorphisme est idiot, elle ne supportait pas qu'on parle aux chats comme on parle à un enfant, elle disait les bêtes et me sautaient alors au nez les parfums de la boue et de la charogne. Quand un jour notre chat m'a mordu je pleurais je saignais et elle elle ne m'avait pas consolé une seconde, elle m'avait dit, d'un air de reproche, Tu as oublié que ce chat n'est qu'une bête. Dans le même temps ma mère s'en moquait, ce n'est pas qu'elle s'en fichait je veux dire qu'elle se moquait vraiment du chat, elle se foutait de sa gueule et moi j'avais de la peine, elle disait Mais regarde comme il louche regarde comme il est stupide il ne comprend rien ce chat, je pensais Mais c'est une bête c'est toi qui le dis c'est normal qu'il ne soit pas intelligent. Elle n'était pas logique ma mère, elle disait tout et son contraire ou plutôt je crois qu'elle voulait tout et son contraire, une vie douce avec une descendance et ce qui va avec, les samedis de supermarchés et de programmes télé, et de l'autre elle voulait voyager, elle le voulait mais ne le faisait pas, on était là on l'empêchait on coûtait cher, et puis au fond elle n'en avait pas le courage. Elle regardait avec envie sa sœur partie vivre en Angleterre mais se disait que cette vie-là n'était de toute façon pas la sienne, que sa vie à elle était ailleurs. Seulement Barbro ne savait pas où, aujourd'hui c'est ce que je me dis, Barbro n'était pas bien mais ne savait pas quoi faire pour aller bien. Parfois jaillissaient des sursauts de vie, des moments où elle affirmait sa personnalité comme le font les gens prompts à souligner leurs goûts et préférences d'autant qu'ils ne sont que peu partagés, Ah moi la saison que je préfère c'est l'hiver, Ah moi ma couleur c'est le mauve j'adore le mauve, Ah moi ce que j'aime c'est les chocolats à l'alcool, ça c'est mon truc. Une caractéristique qui faisait que l'on se souvenait d'elle comme ça, que l'on pensait à elle quand on en voyait ou en mangeait par erreur en tombant dessus dans la boîte, Ah les chocolats à l'alcool c'est Barbro qui aime ça.

La plupart du temps ma mère était fatiguée, alors elle se reposait. Prendre du repos était une vertu que l'on vantait dans la famille. Quand elle passait le soir à la maison souvent j'entendais Nanna demander ce qu'on allait faire le week-end, on lui disait qu'on allait sortir se promener et elle répondait C'est bien faut se reposer, moi je pensais Mais non on va pas se reposer qu'est-ce que tu racontes je viens de te dire qu'on allait sortir et elle continuait Moi aussi je vais me reposer, Aujourd'hui repos, Oh demain c'est dimanche ce sera repos. Elle n'avait rien à foutre mais se reposait. Aujourd'hui je me sens vieux comme elle et ça me rassure, une filiation de la fatigue qui me plaît.

J'ai vu hier un nouveau psy. Une femme, plutôt pas mal. Monsieur vous êtes en dépression et pas qu'un peu elle me dit, c'est une dépression mélancolique, la plus grave.

Je m'y attendais, mais c'est après qu'elle m'a surpris. Les mélancoliques ce sont les plus dangereuses elle a continué, mais je vais vous dire une chose : si vous voulez mon avis, en fait, rien n'est grave. Je ne comprenais pas et elle le voyait bien alors elle m'a demandé Vous avez déjà vu un veau de près ? C'est superbe, un veau, c'est doux. Qu'on ne s'y trompe pas, un veau ça sent bon. On peut s'en approcher, lui caresser la tête comme le chanfrein d'un poulain, et après ? On le sait tous : un couloir étroit qui mène vers un homme en blouse, un pistolet électrique à la main. Pour vous c'est pareil, que vous sentiez bon ou non, que vous soyez bête ou non, heureux ou non n'a aucune importance : au bout, c'est la blouse. L'âme humaine n'est pas faite pour ce monde, monsieur Andrésen, mais nous autres avons une chance : demain, nous pourrons nous réveiller et laisser derrière nous nos ennuis. Ça ne marche pas, et alors ? on passe la journée avec ce qu'on pense être nos ennuis. Vous voulez que je vous dise ? je n'ai pas trente-six astuces, mais moi ce que j'aime c'est m'imaginer dans le couloir de la mort. Je sais, ça peut surprendre, mais comme un prisonnier américain, voyez. Chaque matin, j'ai un sursis, le sursis du jour où j'ai quartier libre. Avant la piqûre, j'ai droit à une dernière clope, un dernier verre de vin. J'ai le droit de regarder le ciel dans ses nuances, l'observer vraiment comme on ne le fait plus jamais, regarder ses nuages, y voir des visages ou des chiens. On dit vivre chaque jour comme le dernier, paroles de chansons à la con mais je n'ai pas mieux. Y a les molécules, oui, si vous voulez, mais y a ça aussi. Vous savez, un jour ce sera le cas, un jour sera pour de bon le dernier et vous serez bien content de m'avoir écoutée. Maintenant, si vous préférez vous foutre en l'air, si vous vous dites Demain, ou mettons vendredi, je me fous en l'air, ça marche aussi. On prépare ses petites affaires, on range son appartement ou on écrit son testament – beaucoup le font à ce moment-là, finalement peu de gens écrivent leur testament avant de vouloir mourir – et puis on fait en sorte de bien profiter, la dernière odeur de l'herbe, du savon, du café. Alors on arrive vendredi matin et Merde, non, je veux sentir le café couler encore et l'herbe me chatouiller les pieds ! C'est chimique, c'est le choc d'adrénaline de l'avant-mort, le moment juste avant qui remet les pendules à l'heure. Je le leur dis parfois à mes patients, Allez-y, tuez-vous, le flingue la fenêtre le fentanyl, comme vous voulez ! À la semaine prochaine.

Elle m'a plu, cette psy. J'ai pensé Moi aussi je passerais bien ma journée assis sur mon fauteuil à oreilles à écouter des gens parler, endosser le costume du sage à qui l'on vient demander de l'aide, se hisser plus haut que soi. Seulement moi non plus je n'ai plus le courage, comme ma mère, je n'ai pas le courage de voyager de sortir de me lever je préfère rester sur mon canapé, c'est l'avantage de vivre depuis si longtemps dans un petit appartement, le corps s'habitue, comme les poissons rouges dans les aquariums, pas tous les poissons rouges mais certains grossissent si on les met dans un espace plus vaste, nous c'est pareil, quand on vit dans un petit truc on rétrécit, le corps se voûte, on fait des petits gestes des petits pas parce qu'on n'a pas besoin d'en faire de grands.

Je n'ai pas le courage de voir des gens, converser écouter, les reprendre quand on n'est pas d'accord serait impossible alors j'acquiescerais et me dirais dans le même temps que je suis nul d'acquiescer, une loque sans courage de ne pouvoir contredire ou rétablir la vérité, je n'en penserais pas moins mais n'aurais que mes yeux pour me trahir. Pour ma mère c'était pareil, la peur du conflit, pas avec nous c'était pas pareil de gronder ses enfants mais avec les autres, ma mère ne serait jamais allée à l'encontre de quelqu'un qui lui aurait balancé une grosse connerie. Barbro jouait si bien qu'on aurait pu penser qu'elle était toujours d'accord, quand on croisait une nana au marché qu'elle connaissait de près ou de loin et qui lui tenait la jambe elle souriait hochait lançait Mais bien sûr ! c'est fou absolument tout à fait, et pestait quand l'autre avait le dos tourné, Quelle conne je te jure. Finalement je trouvais ça chic, hypocrite mais élégant.

On dit qu'on est adulte dès lors qu'on n'en veut plus à ses parents. Qu'on a oublié ce qu'on avait à leur reprocher, qu'on ne s'agace plus de leurs défauts. Moi j'en voudrai toujours à ma mère de m'avoir montré la mélancolie. Ça s'apprend, la mélancolie, les enfants imitent leurs parents. Je n'y ai pas pensé en élevant les miens, c'est maintenant que je me le dis, trop tard. Aujourd'hui me reviennent les soupirs de ma mère, ses pas traînant sur le carrelage, le glissement vaincu de ses chaussons.

Souvent je me répète qu'elle n'est pas morte mais dort seulement. Elle ne peut pas avoir vécu et puis plus d'un seul coup. Elle se repose dans une salle d'attente, elle ne dort d'ailleurs que d'un œil comme les oiseaux et ouvre l'autre quand quelque chose l'intéresse, quand une musique ou une discussion retient son attention alors je lui parle, Tu m'entends, Maman ? Elle ne me répond pas mais elle a le droit, fugitive et souveraine.

J'ai dit à la psy que je lui parlais, à ma mère, elle m'a répondu quelque chose du style Pas étonnant. C'est sûr qu'ils doivent entendre tous les jours les mêmes refrains, alors je me suis senti un peu moins intéressant et j'ai précisé que ça me donnait envie de vomir aussi, que souvent quand je parle à Barbro j'ai envie de vomir comme quand je fumais c'est pour ça que j'ai arrêté de fumer et là elle a tiqué Ah tiens, Oui j'ai souvent envie de vomir quand je pense à ma mère qui dort à qui je parle comme quand ma femme m'a quitté et que j'ai vomi à ses pieds. Elle a eu le cran de me quitter les yeux dans les yeux, mais je lui ai vomi sur les pieds. C'est sorti sans prévenir alors je crois que ça l'a attendrie, ta mère pas la psy, je ne dis pas qu'elle regrettait ni qu'elle n'était plus sûre parce qu'on ne quitte pas son mari sans être sûre mais quand même sur le moment elle a vacillé un peu, elle a vu que je l'aimais encore, que le vomi sur les pieds c'était l'amour de celui qui a le cerveau fendu en deux. Bref donc la psy évidemment a voulu faire le parallèle entre ma mère et la tienne, c'était pas le but, je lui ai dit non tout de suite Non non ça va devenir vaseux, je suis parti et n'ai plus envie de la revoir ni d'être psy.

Je fatigue et ai oublié ce à quoi je devais te répondre.
À plus,
Pappa

La Colombaia, Ischia,
le 29 juillet 1970,

Maria *cara*,
Je suis monté avant tout le monde, et t'écris au son des *Pêcheurs de perles* de Bizet. Si je t'adresse ce mot c'est que j'ai fait une petite attaque il y a quelques jours, mais rien de grave. On me dit de me reposer sérieusement, de lâcher les cigarettes. Seulement, je n'ai pas encore achevé le montage de *Mort à Venise* qu'il me faut m'atteler aux préparatifs de *Ludwig*.

Je me rassure : Helmut connaît son rôle. Je veux lui offrir de jouer dans les vrais palais du roi : le château de Herrenchiemsee, réplique de Versailles sur le lac de Chiem, ou Neuschwanstein (« nouveau rocher du cygne »), devenue carte postale allemande et modèle de Disneyland. Là-bas, Louis II fit dynamiter la montagne, déplacer des centaines de milliers de tonnes de marbre, de brique, de sable et de ciment. Perchée sur un éperon rocheux d'où l'on aperçoit l'Autriche, la forteresse devait permettre au roi de s'élever au rang des plus grands monarques de l'Histoire. Une porte devait rejoindre, en contrebas, un enclos aux ours. Un ruisseau, alimenter directement le cabinet de toilette de sa chambre. Le trône, sculpté dans l'ivoire, devait prendre place au centre d'une salle à étages de porphyre et de lapis-lazuli. Un salon de musique paré d'or, de draperies et de peintures les plus fines, servir de « digne refuge » à son ami Wagner. Bercé par son opéra *Lohengrin*, Ludwig se déguisait, dans la nuit de son château, en chevalier au cygne. Les travaux ne furent jamais achevés : à sa mort, confit dans le retrait d'un monde à la poésie perdue, le sourire noir et les yeux rougis par l'insomnie, l'État bavarois cessa les frais. La porte aux ours, ouverte depuis sur le vide, témoigne pour toujours de la folie de son bâtisseur.

J'ai lu toutes les biographies et toute sa correspondance pour m'autoriser à me dire prêt. Tout cela m'enchante en principe, mais il me faudra de nouveau trouver la force de repartir... Je suis peut-être trop vieux. Quand je pense à *Mort à Venise*, je me dis qu'un garçon de quatorze ans est une glaise à modeler, une jeune plante que l'on est encore en mesure de faire pousser droit ou de travers, mais que je me suis sans doute lassé. « On s'ennuie de tout, mon ange, c'est une loi de la nature ; ce n'est pas ma faute. »

Veux-tu venir ici prendre des vacances ? Ta présence m'enchanterait. Si je m'absente quelques jours, ce ne sera que pour mieux revenir. Charles de Noailles est là en ce moment. Six mois tout juste aujourd'hui que Marie-Laure est partie... Depuis ma première visite chez eux en 1935, place des États-Unis près de chez toi, notre amitié n'a pas fané. Jc crois me souvenir que c'est chez eux que j'ai rencontré Chanel.

Au vu de l'amabilité de son mot reçu aujourd'hui, Gabrielle ne semble plus m'en vouloir. Elle vit toujours au Ritz et me dit avoir dessiné sa sépulture selon ses chiffre fétiche et signe astrologique - cinq têtes de lion seront sculptées dans la pierre. Seulement, une chose m'échappe : pourquoi se faire enterrer en Suisse ? Bien sûr, elle fut contrainte de s'y exiler à la Libération, mais pourquoi diable veut-elle passer l'éternité dans le miroir de son funeste profil ? La vie est mal faite : nos intransigeances se seraient mariées à merveille. C'était il y a quarante ans, et l'amour perdu d'Irma entretenait mes illusions. Gabrielle me présenta Renoir, et je lui dois peut-être au fond ma vie. Par cette chance qu'elle m'offrit je crus un temps que je l'aimais, ou voulus le croire. Quelque chose manquait que je nommais distinctement, sans m'y résoudre encore tout à fait... J'ai longtemps pensé m'être servi d'elle.

« Il adorait Shakespeare, Verdi et Tchekhov. » J'y ai pensé aujourd'hui, grâce à elle : voilà ce que je voudrais faire graver sur ma tombe. Rien de plus. Les dates, et rien de plus, te voilà au courant. Puis-je compter sur toi pour mettre ce vœu à exécution, le moment venu ? Stendhal avait demandé d'inscrire ces mots sur la sienne : « Henri Beyle. Milanais. Il écrivit, il aima, il vécut. »

Viens au galop !
Ton Luchi

Hôtel Regina, Paris,
le 26 janvier 2005,

Robine,

Tu ne rates rien : la ville pue. Incompréhensible qu'elle soit toujours la plus visitée du monde, perçue comme la plus belle ! À se demander ce que les gens ont dans les yeux, dans les narines plutôt. Un mélange de pisse et de merde empeste les trottoirs qu'on ne peut arpenter sans avoir le nez rivé sur ses pieds par précaution. Je jetterai mes chaussures en rentrant !

Atterri très tôt ce matin. Je leur ai dit que je voulais arriver la veille pour visiter, puis comme ils voulaient absolument que je vienne j'ai joué la star. Pas de regret : le Regina a de l'allure. Le Coca qu'on m'a servi au coin du feu est peut-être la seule chose qui m'ait plu de la journée.

À peine après avoir déposé mon sac sur le lit j'allais repartir, mais mon téléphone a sonné. J'avais oublié mon rendez-vous avec un journaliste de *Libération*, un grand journal de gauche ici, qui voulait écrire mon portrait. Type sympa, mais pas transcendant. Eux aussi sont des moutons, on dirait qu'ils se passent le mot, toujours les mêmes questions... *Dude*, ça fait trente-cinq ans ! Au bout d'une heure il était temps de se barrer, je suis parti agacé. Direction les Tuileries juste en face de l'hôtel, je voulais me balader au calme mais il a commencé à pleuvoir à verse alors je suis descendu dans le métro. Erreur, enfer, j'ai passé l'âge. Voulu voir Montmartre, mais je suis trop vieux pour toutes ces marches – dans les ruelles bordées de magasins de souvenirs qu'on croirait les mêmes qu'au souk de Jérusalem les gens se pressent, contents d'eux-mêmes sur les caricatures des peintres ou les banquettes arrière des petits trains. J'ai continué vers Pigalle, déjà plus respirable. Un immense sex-shop donne à l'ensemble visage humain. Me suis attablé face au Moulin-Rouge, de l'autre côté de la rue, derrière un arrêt de bus. J'ai commandé un gin tonic et ai dû payer pour un gin et un soda. J'ai cru qu'il y avait une erreur j'en avais pour quinze euros, le serveur pingouin a pris l'air de celui qui ne comprend pas alors j'ai eu envie de gueuler Bon sang ce que cette ville est plouc mais je me suis retenu, on sent que les gens sont nerveux, je n'aurais pas été surpris de me prendre un pain. J'ai changé de bar, continué vers l'ouest, bu des bières jusqu'au milieu de l'après-midi dans un café pourri mais qui m'allait très bien, place de Clichy je crois, pas de touristes aux environs. Je ne sais plus combien j'en ai bues, pas vu le temps passer – ma journée de visites s'emmanchait mal. Je me suis demandé si j'allais tenter le Louvre, quand même à Paris faut voir le Louvre enfin c'est ce qu'on dit et il est juste à côté de mon palace, mais on m'a dit aussi que les musées fermaient tôt ici, qu'il fallait que je me dépêche si je voulais faire quoi que ce soit. Là encore je me suis dit La barbe, je croyais qu'on était dans un pays civilisé ! Vous vous couchez comme les Anglais maintenant, avec les poules ? Bref, devait me rester deux heures à tout casser alors j'ai renoncé. J'ai repris une bière pour réfléchir à l'endroit où j'allais dîner.

Je n'avais pas envie de demander conseil au garçon, puis c'était plutôt pour la forme parce que je n'avais pas faim, trop stressé par l'émission de demain que je ne sens pas, est-ce que j'allais seulement réussir à avaler quoi que ce soit mais il valait mieux pour tenir. Je me disais que je pouvais de toute façon annuler au dernier moment, les planter, que ça aurait de l'allure, qu'au fond je m'en fous. C'est là que la présentatrice de l'émission m'a appelé, elle est très célèbre en France à ce qui paraît, elle m'a dit qu'elle était très heureuse de me recevoir pour mon anniversaire, que l'émission, elle n'en doutait pas, allait être belle, même qu'elle était fière. Elle savait que j'avais hésité à venir et m'a beaucoup remercié. Sa voix douce et grave m'a plu, j'ai dit merci et précisé que je ne voulais pas parler du film. Ils vont le passer avant l'émission, le film et le documentaire *À la recherche de Tadzio*, ça suffit bien comme ça, ils parlent pour moi. Si elle m'interroge sur Visconti je me tairai, j'ai prévenu.

Au fond, cette fois, je trouve que c'est sympa de leur part de m'inviter à Paris, même si c'est une chaîne de pédés – je te l'ai dit que c'est une chaîne de pédés ? Pink TV elle s'appelle ! Les pauvres, ce n'est pas moi qui suis à plaindre. J'ai toujours dit qu'il fallait les aider. Tant qu'on ne m'emmerde pas...

Si j'écris cette lettre, ce n'est pas tellement pour te raconter tout cela. Ni même pour me détendre, puisque l'angoisse ne s'estompe pas. C'est qu'en sortant du bar, marchant au hasard des rues, j'ai vu ma mère. À la terrasse d'un café, elle était là, Barbro assise face à un vieil homme à qui elle souriait. Je la voyais de profil, sa coupe était la même comme son imperméable beige, celui du dernier jour, le jour du tramway. J'ai senti mon cœur tomber dans mes pieds et suis resté figé, suffisamment loin pour me permettre de l'observer. Je ne reconnaissais pas ses chaussures, alors j'ai tenté de me rappeler celles qu'elle portait sans y parvenir. Je n'ai de ma mère que le souvenir d'une paire de talons rouges qu'elle ne mettait jamais. Elle a éclaté de rire et j'ai pensé à cette amie que j'avais adolescent qui pouvait me faire éclater de rire à la seconde où je la retrouvais, d'un mot, d'une expression ou d'une grimace. Aujourd'hui je ne sais pas ce qu'elle est devenue, ni même pourquoi on s'est perdus de vue. Je me suis dit que c'était dommage, que j'aimerais rire encore comme j'ai pu rire avec elle. J'ai approché finalement, décidé à la revoir de plus près. Ses traits s'effaçaient à mesure que mes yeux me piquaient, j'aurais voulu sentir de nouveau ses bras me serrer. La chaleur des larmes m'apaisait. Barbro n'avait rien de Barbro, pas même la couleur de ses cheveux. Ses dents se chevauchaient, les rides creusaient sa peau.

En reprenant mon chemin, je me suis demandé si je la reverrais un jour sous les traits d'une autre femme, si je pouvais la revoir n'importe où comme sous les traits de ce grand chien jaune assis au pied de son maître, de l'autre côté d'un passage piéton. Fatigué, renonçant à m'installer à la table d'un resto, je suis passé dans un petit supermarché m'acheter un sandwich, que je prévoyais d'avaler dans ma chambre - pas réussi. Dans la file d'attente à la caisse, deux vieilles dames du quartier riaient, parlaient fort, semblaient ne pas s'être vues depuis un moment. C'était gai, la plupart des gens dans la queue souriaient à les entendre. À la fin de leur conversation, l'une dit à l'autre Mais au fait, c'est pas ton mari qui est mort la semaine dernière ?

D'avion on ne saute pas, de train non plus. J'avançais sans m'arrêter, pourtant c'est là que j'aurais voulu descendre. Si on m'avait dit que je fêterais mes cinquante ans à Paris...

Bons baisers,
Björn

PS : Si j'ai bien voulu cette interview pour *Libération*, c'est que j'avais lu dans ce journal il y a trois ans : « Quand Luchino Visconti s'attarde sur le petit cul potelé de son petit garçon d'amour, ça passe comme une lettre à la poste. Quand c'est d'époque, ça passe. Chez Visconti, ça passe. Il n'y a pas de détournement de mineur, juste un détournement de regard. »

J'ai bientôt soixante-dix ans, je vis désormais seul dans un petit appartement confortable d'où l'on entend selon les vents le courant du Tibre. Depuis mon accident il y a quelques semaines, il m'arrive de sourire en pensant à l'immobilité à laquelle je suis contraint. Je souris en constatant l'inaction ; assis à mon bureau dans mon fauteuil roulant je souris en me disant que ce calme doit arranger pas mal de gens, les reposer plutôt ; je souris en pensant que je suis là désormais sans rien faire et que le monde va ainsi ; je souris en pensant être arrivé au bout du montage de *Ludwig*. Souvent aussi je pense à Proust couché, constant immobile, au visage de ma mère au-dessus du mien s'apprêtant à y poser ses lèvres, à celles de Massimo Girotti ou à une cantate de Bach et me persuade que si je ne bouge pas, eux non plus n'essaieront pas.

Cela fait désormais plus de trente ans que la lecture de Rousseau me permet de vivre sans que les jours pèsent trop, trente ans que ses pensées se confondent avec les miennes, que je me suis contraint à cet exercice du journal, ayant tôt compris que mettre au jour des souvenirs anciens est un procédé qui ne prend jamais fin. Habitude prise pendant la guerre, dès l'arrestation de 1944. Héberger des résistants via Cerva ne fut pas sans conséquence. Arrêté et torturé pendant presque deux mois je n'ai rien lâché, maintenu droit par l'écriture, seul moyen de ne pas flancher. Ces pages n'ont bien sûr jamais paru, mais sont, de tout ce que j'ai pu faire, ce dont je suis le plus fier.

À la Libération et ensuite, l'actrice oubliée María Denis a regretté ne pas avoir été remerciée. Maîtresse de Pietro Koch, chef de la police fasciste dont j'allais plus tard filmer l'exécution, elle s'est maintes fois vantée de m'avoir fait libérer. Mais quoi ? que je dusse mon salut à une collabo ? Jamais en revanche l'ingrate ne me sut gré des grasses rétributions du pénaliste que j'avais embauché pour elle... María préféra déclarer sa « déception la plus grande » et sans ridicule se retirer du cinéma. Elle n'aurait de toute façon plus rien tourné.

Pas eu le temps de répondre ni à Lancaster ni à Bogarde - je mesure la qualité de mes amis mais je suis fatigué, les traits des disparus De Sica ou Magnani s'effacent lentement. Face à moi, dans la lumière, les pins de la ville qui vivront après moi, les grands vases de fleurs sur la terrasse et les tentures de Valentino ; à l'intérieur, des bouquets reposent sur les tables de marbre, des bougies dégagent dans la chaleur de Rome leur parfum qui se mêle à celui de la rue invitée par les fenêtres ouvertes, la table se pare des porcelaines de Meissen, vases Gallé et calices de cristal. J'ai trouvé sur l'île d'Ischia ce qui sera sans doute ma dernière maison : je voudrais à La Colombaia retrouver les lumières changeantes, celles qui irisaient les salons de la Villa Erba. Je ne me fais guère d'illusions : j'avais formulé le même vœu pieux en achetant à Castel Gandolfo. Sans doute me suis-je trop souvent pris pour le pape.

Rien ne m'empêchera de me rendre toujours à Cernobbio, sinon de retourner à la terre. Rien n'y a changé, ni les livres que nous lisions aujourd'hui duvetés de poussière, ni les arbres qui ont grandi avec nous et nous toisent désormais de leur cime, ni les couloirs où nous marchions sur la pointe des pieds mes sœurs et moi, la nuit venue, bravant les ombres vespérales. Longtemps pour nous l'heure du coucher fut inquiétante, qu'elle soit prématurée quand nos parents sortaient, à la Scala ou ailleurs, ou tardive après de longs dîners quand nous étions invités à venir « dire bonsoir », ainsi de ceux où se trouvaient là leurs amis les plus proches ou des convives dont le rang n'imposait pas le cérémonial auquel ma mère tenait en d'autres circonstances, la venue d'un comte voisin, de la reine ou d'un poète à qui les mêmes honneurs devaient être rendus. En ces soirs dont l'importance flottait dans l'air, si l'on dit que les petits plats étaient mis dans les grands, c'est tout un régiment d'argenterie que l'on avait fait briller des heures durant, et qui recevait les mets les plus fins de repas en comptant jusqu'à douze. Les valets de pied – si certains avaient en temps normal le soin de servir, d'autres s'employaient à ouvrir et fermer les centaines de fenêtres du palais, d'autres encore s'assuraient du bon fonctionnement des pendules et horloges – travaillaient à ces réceptions des mois à l'avance, guidés par les exigences de ma mère et la saisonnalité des récoltes, et se transformaient le moment venu en laquais dont les partitions, précises et invariables, ne souffraient aucune fausse note. Chacun, de sa place, des coins de la salle à manger aux portes des monte-charge qui reliaient les cuisines du sous-sol au rez-de-chaussée, maîtrisait la chorégraphie d'une vie passée dans un silence émaillé de bruits de couverts. Les rires ouatés des convives enivrés parvenaient jusqu'à nos chambres et nous berçaient.

C'est à la Scala, dont j'ai déjà écrit les liens avec notre famille, que Carla et Giuseppe organisaient, dans les années mille neuf cent, les fêtes les plus grandioses que l'Italie du Nord ait jamais connues. On venait de toute la Lombardie, du Piémont et même de Trieste pour participer aux banquets les plus en vue. La beauté de mes parents participait de leur attrait. On murmurait à leur passage, on s'inclinait devant la donna et le duc. Parfois, Carla et Giuseppe nous emmenaient à d'autres bals, souvent costumés, où nous nous savions attendus. Le couple entrait en majesté, suivi de ses enfants qui portaient de petits paniers d'osier remplis de pétales de roses.

Sur ma table de travail, des dizaines de photos encadrées de figures passées, Eleonora Duse dont j'avais vu avec ma mère la dernière représentation avant qu'elle ne parte en Amérique, Humbert, Horst, Pupe et même Jeem, dandy new-yorkais - frère de Woolworth Donahue, propriétaire d'un guépard « domestiqué », trophée d'un safari une année emmené à Cannes - aimé quelques semaines avant qu'il ne rencontre Wallis Simpson. Sur son portrait, Marlene Dietrich a écrit (en français) : « Je pense à toi toujours. » Je n'ai pas le temps de la réciproque : les exercices physiques sont à peine supportables, je trébuche, mais y mets toutes mes forces. Je relis Proust (en français aussi, la traduction italienne est impossible) et sa correspondance - ses lettres d'enfance, mal orthographiées, ou dans lesquelles un peu plus tard il demande de l'argent à son grand-père pour aller aux putes me réjouissent ; des lettres préférables à celles qu'il écrira à Montesquiou, pathétiques... Je revois là mon père ébahi à la lecture de *Swann*, exultant de joie, accourant pour me faire part de sa découverte. C'était en 1922 ou 1923, la première édition venait d'être traduite en Italie, j'étais encore adolescent. Mon père lisait là sa propre existence et pleurait à l'idée que le compagnonnage du livre un jour se terminerait.

Jusqu'alors, seuls Dante et le duc de Saint-Simon s'asseyaient au premier rang dans le cœur de Giuseppe comme dans celui de nous qui lisions. « Vous qui entrez, laissez toute espérance » laissa la place à « Longtemps je me suis couché de bonne heure » dans les récitations auxquelles se livrait mon père le soir, debout sur une chaise. Des pages de Proust s'échappait notre parfum, l'odeur masquée de la grossièreté de ces familles qu'on disait bonnes. D'un exemple comme de mille, ma grand-mère pouvait de l'indulgence qu'elle accordait parfois à ses domestiques faire un objet d'admiration. Une grâce qu'elle n'aurait jamais soulignée elle-même mais de laquelle il y avait étrangement toujours témoin - mise en scène expérimentée de notre pouvoir. Ce n'est pas grave, il n'y a pas mort d'homme, tout le monde peut casser une assiette ! Oh, que la duchesse est charitable... Marcel fut une fièvre dont Giuseppe n'a jamais guéri, mais qu'il me transmit : je dois à mon père la certitude que la littérature est un air sans lequel on ne respire pas. Don Zizi n'a pas laissé d'œuvre derrière lui, aussi inquiet pour son talent qu'il l'était de n'être au fond que l'une des caricatures qui prenaient vie dans ces pages. Le 16 décembre 1941, à l'instar de l'un de ses amis français de quelques années son aîné, le duc de Luynes mort à Luynes au château de Luynes, le duc de Grazzano Visconti, comte de Lonate Pozzolo, s'est éteint au château de Grazzano Visconti à Grazzano Visconti, en célibataire de l'art.

Aussi, croit-on encore au hasard ? À Zurich, un homme est venu me voir. Il disait avoir bien connu Thomas Mann, avoir même été l'un de ses amis. L'ancien professeur m'en a parlé durant deux heures à mon chevet, pour finir par me dire que c'était dans cette même clinique que Mann s'est éteint le 12 août 1955. Probablement, si sa mémoire ne lui faisait pas défaut, dans la chambre que j'occupais.

« Le charmant petit palais Visconti di Modrone, montrant sa jolie façade aux berges moisies du canal : elle se laisse deviner au milieu des branches d'acacia, comme un visage derrière les doigts écartés et les cheveux répandus. La plaisante et mélancolique demeure ! la seule de Milan, où l'on voulût lire, dormir et aimer. Elle semble faite pour donner asile à des amours secrètes, et peut-être coupables. »

André Suarès, *Le Voyage du condottière*, Paris, 1932.

Hier soir, Jessica m'a traîné à un concert. Quelqu'un a dû lui dire que ça me ferait du bien de sortir de chez moi, je ne suis pas allé à un concert depuis dix ans peut-être vingt puis j'aime la musique c'est certain, les gens aiment les concerts de toute façon, les baffles les corps qui dansent la bière qui coule un lieu pour se dire qu'on est heureux, pour décider ensemble de l'être à ce moment-là, si on ne l'était pas juste avant on l'est en entrant et en acclamant la même personne, un seul homme face à nous, c'est fou comme l'être humain a le besoin d'en placer d'autres au-dessus de lui, de s'écraser, on n'admire plus on ne fait que suivre un mouvement, la salle était en transe, dans l'adoration aveugle d'un mec qui doit se foutre dans la poche cent fois ce qu'on gagne, on se dit qu'il nous donne du bonheur, celui qu'on ne peut trouver ailleurs ni chez soi ni en soi, que lui seul peut nous le donner ce bonheur à ce moment-là, le chanteur dieu au-dessus de nous qui nous abreuve, on se dit Heureusement il y a les stars pour nous faire encore vibrer. J'aurais voulu être chez moi, écouter une musique que moi seul aurais pu entendre, on n'est jamais que seul, plus ils exultaient plus je voulais le leur signifier, à ces gens, non pas le leur rappeler parce qu'ils ne le savent pas, plutôt si sûrement au fond d'eux et c'est pour ça qu'ils étaient là, pour conjurer leur sort de petit être fragile et mortel et dépendant, effrayé par l'écho du vide.

Fut un temps où les sociétés évoluées avaient en commun d'entretenir de bons rapports avec la mort, on y pensait on en parlait on l'écrivait. Aujourd'hui on ne rêve que de mourir dans son lit dans son sommeil, on veut mourir sans souffrir sans savoir. L'autre jour à la radio ils parlaient de la doyenne de l'humanité, une femme morte à cent quatorze ou cent dix-huit ans je ne sais plus, une bonne sœur française ou italienne je crois (ça conserve de ne rien foutre, c'est sûr que de prier toute la journée dans ton couvent en équeutant des haricots verts t'es pas crevée) et le journaliste précisait qu'elle était morte en dormant paisiblement, limite en souriant béatement et je me suis dit Mais attendez peut-être qu'elle ne voulait pas mourir en dormant ! elle n'a peut-être pas eu le temps de dire à Dieu qu'elle arrivait, peut-être qu'elle aurait préféré le lui dire en face !

À propos du chat : Edgar est revenu. Un vrai clébard, ce chat. Enfin, revenu je ne dirais pas cela, c'est que je l'ai vu ce matin près de l'entrée de l'immeuble et l'ai chopé par la peau du cou. Maintenant il me lèche dans la main, il a dû se prendre la rouste d'un matou. Tant mieux s'il a pissé chez la voisine. Quand je pense qu'au début je lui faisais ses courses… Depuis, elle me hait. Tout ça parce que je suis parti un jour sans claquer la porte d'entrée, et que des mecs sont venus squatter le hall. Je crois qu'elle m'a aussi dit que la musique chez moi était trop fort, mais ça… En tout cas, je vais garder Edgar.

Je crois que Robine a raison et que je commence à dérailler, je commence à lui parler, au chat, vieux comme moi. C'est jamais bon signe, quand on commence à sérieusement parler à son chat. Je revois ma grand-mère qui avait pour le sien un amour tel qu'elle l'avait emmené en Italie. Il passait ses journées en cage, dans la chambre de l'hôtel. Là, on peut dire pauvre bête. Le soir seulement elle le sortait, mais affolé et perdu l'animal faisait n'importe quoi, grimpait aux rideaux et déchirait les tissus, si bien que rapidement elle le renfermait. J'ai eu le malheur de dire quelque chose un jour à haute voix, Tu verras elle m'avait répondu, tu verras comment tu seras si t'as un chat !

Parlant d'animaux, je me rappelle ce jour où on se promenait à la campagne, Robine était petite, on avait approché d'un champ pour lui montrer une vache de plus près, elle avait une étiquette à l'oreille alors Robine m'avait demandé si elle était neuve. Avec sa mère on s'était marrés, elle était heureuse de nous voir nous marrer c'était pas tous les jours même si elle ne voyait pas pourquoi c'était si drôle, puis elle nous a demandé si elle aussi, la vache, en se couchant, elle se mettait en pyjama.

Avec sa mère, s'engueuler était plus fréquent que rigoler, mais je crois que la rupture entre nous est née d'un détail. Ça faisait longtemps que je voulais une boucle d'oreille, un anneau à l'oreille droite - à gauche c'est pour les pédés. Alors je le lui disais que j'en voulais une, que j'en voulais vraiment une et elle me disait que c'était hors de question, que même à droite ça faisait pédé, qu'elle ne voulait pas que je fasse pédé et moi non plus je ne le voulais pas et c'était vrai, on avait suffisamment cru que je l'étais comme ça. Je l'écoutais j'étais d'accord mais j'en avais quand même très envie de cette boucle d'oreille puis je voyais bien qu'il n'y avait pas que les pédés qui en avaient, et puis un jour elle m'a dit Écoute c'est simple, je n'ai aucune envie que tu en aies une mais je ne vais pas être celle qui tous les jours te dit Non je ne veux pas que tu en aies une, je ne veux pas être l'épouse qui frustre son mari. Ni une ni deux je suis allé me faire percer, j'étais heureux je me disais Tiens, je me sens respirer je sens mes poumons grandir et se creuser à mesure que l'air y pénètre et que j'expire, mon amour pour la mère de Robine renaissait, se posait de nouveau sur la branche où il était né, je me sentais à ma place dans une forme de logique, une cohérence, dans le mariage du cadre et de la liberté. Quand je suis revenu à la maison, elle n'en a pas cru ses yeux. Elle a passé des jours à me regarder comme si je n'étais plus le même, comme si du jour au lendemain j'avais perdu un œil, un détail qui faisait que tout changeait. J'étais devenu quelqu'un qu'elle ne connaissait plus.

Régulièrement, je faisais le choix de penser à l'opposé d'elle, pour le plaisir de la contradiction. Comme si ma survie passait par l'affirmation de mon individualité, en réalité inexistante. J'étais en désaccord, mais en réalité je n'avais pas d'avis. Je devenais moi-même comme ceux qui posent des questions pour la forme, parce que c'est poli de s'intéresser à l'autre bien qu'on ne s'intéresse qu'à soi, on se dit quand même faut poser une question au moins une et puis on tente de faire bonne figure, mais on n'a rien à cirer de la réponse. Ta mère le sentait et me répondait à peine, elle savait que je m'en foutais alors elle s'est mise à s'en foutre à son tour, elle répondait à peine ou peut-être qu'elle répondait n'importe quoi, possible puisque je n'écoutais pas, Et ta journée c'était comment ? Écoute ça va je me suis fait secouer par deux trois mecs puis je suis rentrée, Ok super. On s'en fout comme un patron qui de temps en temps se tourne vers la bonne parce qu'il a deux secondes et qu'il se dit que ça fait longtemps, combien au juste il ne sait plus, qu'il n'a pas parlé à la bonne, il n'avait pas remarqué cette mèche blonde, sans doute est-elle récente cette mèche ou peut-être pas, il faudrait quand même que je lui demande des nouvelles de son fils ce serait plus poli, Et vous alors Dolores, votre fils, toujours la galère ? Ah attendez bougez pas on m'appelle. Dans le couple, si la bataille est nécessaire, c'est qu'il ne faut pas se laisser phagocyter par la cellule.

Bref, j'avais désormais avec la boucle d'oreille quelque chose en plus qui ramenait ta mère à des images, d'ailleurs elle avait dit à la naissance d'Elvin qu'elle préférerait que son fils devienne moche plutôt que pédé. Avec l'anneau, je devenais à mon tour le pédé ou bien le marin, le marin qui lui rappelait son grand-père, Popeye du genre musclé qui cognait l'alcool. J'étais le Popeye pédé marin bourré qui se foutait de l'avis de sa femme, et je n'aurais pas dû. Elle a tenté de se convaincre que le dégoût lui passerait, jusqu'au moment où elle ne m'a plus regardé. L'amour tient à une boucle d'oreille.

En rentrant du concert, j'ai lu une interview de Natalie Portman à propos du tournage de *Léon* et du malaise qu'elle ressent quand elle y repense. En faisant défiler les commentaires, je tombe sur ça : « C'est parce qu'elle ne tourne plus rien d'intéressant qu'elle veut faire parler d'elle. On ne parle plus de cinéma, mais de morale... » Est-ce que moi aussi je m'attache à la morale ? Après tout, je me souviens de ma joie de faire plaisir à Nanna et de voyager, de jouer, d'être choisi. On entend Quelle époque, quelle pudibonderie, on était libres avant on recule maintenant. Quel ennui ! Au fond je n'en sais rien, je me suis toujours ennuyé.

Hôtel San Regis, Paris,
le 28 juillet 1972,

Luchinaccio,
Bordel, encore une attaque ! et le jour d'une grève des ambulanciers… Tu aurais voulu le faire exprès que tu ne t'y serais pas mieux pris. Tu es parfait, comme toujours, mais je t'en prie, ne pars pas encore.

Dimanche soir : bien rentré à Paris où je dois poursuivre ce foutu film, mais je crois que jamais Rome ne m'a autant manqué, Rome qui ne m'a jamais été aussi hostile. Je voudrais remonter le temps – il y a encore quelques jours nous dînions tous les deux via Salaria entre les arbres, quelques jours ou une éternité. Je voudrais m'y cacher avec tes six lévriers afghans dont je ne retiens jamais les noms mais qui sont comme les miens. Pourquoi d'ailleurs seul l'un d'eux, le brun, a-t-il le droit d'entrer dans la maison ? Je voudrais te dire que c'est toi qui avais raison, le premier étage que tu as décoré est évidemment le plus bel endroit de la maison, tu as bien meilleur goût que moi, le goût chez toi est dans les gènes. Je me souviens que lors du tournage du *Guépard* tu avais pour une scène disposé sur une table basse des boîtes d'argent, des petits objets érotiques de Fragonard, des antiques prêtés par la famille Lampedusa elle-même. Burt Lancaster t'avait demandé s'il devait les regarder, tous ces objets précieux, les prendre dans ses mains, après tout c'était lui le maître et ils lui appartenaient. Jamais, tu lui avais répondu, jamais, les autres les verront peut-être, admiratifs, mais vous ils font partie de votre décor depuis toujours, vous n'avez pas à y prêter attention... Tu avais une idée précise des choses et des hommes. Le monde te redoutait et rêvait de te côtoyer, travailler avec toi signifiait être le meilleur. Du charpentier au costumier, du coiffeur au garçon qui faisait le point, tous étaient précisément choisis, et rapidement terrorisés. Tu voulais atteindre les sommets, alors il te fallait pousser jusqu'à leurs limites ceux qui t'entouraient. Une fois franchies, tu te transformais en père aimant, impassible et rassurant. Jusqu'à la scène suivante.

Si j'ai voulu accaparer, en arrivant il y a bientôt sept ans maintenant, le deuxième palier de la maison dans un style viennois kitsch, c'était pour t'embêter, parce que c'est ce que je fais de mieux, le rebelle, l'ado pourri qui désobéit, pourri par les belles choses de la vie avec toi, gueulant à travers l'aile du personnel. Je voudrais changer, devenir ne serait-ce qu'un peu plus tolérant – mais sur ce point, vivre avec toi ne rend pas la tâche aisée. De toute façon, j'ai décidé de passer un peu plus de temps dans la maison que j'ai achetée l'année dernière. Les lumières de la campagne de Kitzbühel m'apaisent : les mêmes qui réchauffaient mon corps d'enfant. Et puis cette fois, j'ai dessiné les plans tout seul. Il faut que tu viennes voir : la maison est construite comme un immense chalet aux doubles fenêtres, avec des salles de bains aux baignoires tout aussi doubles pour baiser. Il y a une chambre d'amis avec quatre lits superposés pour ceux que j'aime moins, une autre près de la mienne pour les plus proches. Du salon, une immense baie vitrée plonge sur le sommet du Hahnenkamm que l'on croirait peint. Des meubles non pas autrichiens mais provençaux, des canapés en lin, des carreaux de Toscane et un chauffage au sol. Je compte employer un cuisinier quand on sera trop nombreux. J'ai laissé Mantovani, l'architecte que tu connais, finir une partie de la maison. Merci d'ailleurs de m'avoir aidé à importer les vitres spéciales de Florence : il n'y a jamais de buée ! La seule chose folklorique que j'ai voulue ici est un coq, au sommet d'une tourelle. Seulement il ne chante pas cocorico le matin... mais hémorroïïïde ! Il le répète comme un perroquet, à hurler de rire. Je doute que tu goûterais le même plaisir à l'entendre, mais une fois remis dis-moi que tu viendras quand même.

Comme je n'ai pu accéder à ta chambre d'hôpital, je vais te raconter ici ce qui s'est passé pour moi ces quarante-huit dernières heures, à défaut de savoir comment tu les as vécues. Je n'attends pas de réponse de ta part, ne te fatigue pas, seulement que tu reprennes vite des forces pour me lire.

Marc Bohan a été le premier à m'appeler. Je venais de passer la journée avec lui pour les essayages du nouveau film de Gobbi ; la clinique de Rome a dû savoir où je me trouvais mais a appelé trop tard, j'étais déjà reparti. Peu importe, Marc au téléphone m'a demandé si je voulais bien m'asseoir, si j'étais prêt à entendre quelque chose de difficile... Accident cérébral, état critique, paralysie. J'ai cru à mon tour faire une attaque. Sur-le-champ, j'ai préparé une valise (fringues foutues en vrac, je ne sais pas faire, tu sais que je n'ai jamais su faire) et dévalé les escaliers pour le bar du rez-de-chaussée où je me suis enfilé deux trois (dix ?) whiskys avec Lauren Bacall, trouvée là par hasard, en attendant le premier vol. Lauren a été d'une patience d'ange, je ne sais plus ce qu'on s'est dit, je devais être dans un état lamentable puisque je suis arrivé à Rome hier matin encore bourré. Dans le couloir, devant ta chambre, ta famille était là. Elle m'a tout de suite demandé de dégager. Pendant quelques secondes, comme je ne voyais pas très clair, j'ai pensé qu'ils voulaient que je cuve avant d'entrer - je devais puer l'alcool -, mais non, ils ne voulaient simplement pas de moi là. Je suis ta femme, Luchino, l'épouse cupide que ta famille rejette. Je sais que tu t'en es souvent inspiré, mais j'en avais la preuve : face à eux j'étais Martin, le petit-fils des *Damnés* travesti en Marlene Dietrich, fardé et moucheté, sur la scène du théâtre familial. Un paria, le pervers. J'ai hurlé, presque frappé tes frères, avant que la sécurité ne vienne me chercher. Je reviendrai vendredi et cette fois, je t'assure, on ne pourra m'arrêter.

C'est qu'ils ne savent pas que je suis plus malin qu'eux : j'ai réfléchi à un meilleur endroit pour te faire soigner. Tu sais que le frère de Romy dirige une clinique à Zurich. Tu sais aussi combien les soins y seront meilleurs qu'à Rome... Romy, bien qu'en froid avec lui, a déjà organisé ton transfert. On le fera samedi, et *ciao stronzi*. Heureusement qu'Uberta est là - ta sœur au moins nous respecte. L'opération peut attendre une semaine, selon les médecins. Mais comment veux-tu que je parvienne en attendant à jouer ? *Show must go on*, je sais. Je suis comme les marins qui quittent leur épouse le dimanche soir pour repartir en mer, les écoliers qui rentrent en pension dans l'angoisse du lundi matin ou les chauffeurs de poids lourds qui reprennent la route pour des semaines afin de nourrir leurs gosses. Ne me laisse pas, tu sais bien que je ne peux vivre sans toi, que je ne veux pas le faire. Si je me tape quelques nanas parfois, tu sais aussi qu'elles ne comptent pas.

Je vais redescendre au bar, demain attendra – peut-être que Sergio lui-même attendra son acteur pour tourner, il n'aura pas d'autre choix. Ou peut-être que je serai ivre, une fois de plus, sur le plateau, mais qu'est-ce que j'en ai à foutre ? personne ne t'arrive pas à la cheville ! c'est juste un film *for money*.

Ich liebe Dich,
Helmut

PS : J'ai ta boîte à cigarettes. Je ne sais pourquoi elle était posée sur une chaise, dans ce couloir, près d'Uberta. Une preuve peut-être, l'arme du crime. Ou bien a-t-on pensé (à raison) qu'à peine réveillé tu voudrais fumer. Il n'en est plus question ! Je la garde comme un fétiche, autant que possible dans ma main. Cette petite boîte en or était un cadeau de ta mère, si je me souviens bien, gravée à vos armes. L'enfant dans la gueule du serpent me regarde.

Le montage de *Ludwig* arrive enfin à son terme, Helmut est parfait. Il a depuis l'adolescence ces mêmes doux hystérismes, une mélancolie plus désespérée encore à mesure qu'il vieillit. Je n'ai pas pris le temps de tenir ce journal durant toute la durée du travail, un mois et demi maintenant que nous sommes ici avec Ruggero - le frère Mastroianni est un monteur exceptionnel -, Suso, Enrico et tous les autres qui m'ont suivi, pour que je puisse travailler ici sur mes deux roues, au rez-de-chaussée de la maison maternelle. Un mois et demi que je n'ai pas écrit une ligne tant je veux concentrer mes forces : l'idée de mourir avant m'obsède. Il y a peu, j'ai lu un critique théoriser, à propos de mes films, « l'esthétique du trop-tard ». Je ne cherche pas à savoir s'il dit vrai, mais je ne veux pas lui donner raison. Dans une lettre à Domenico di Fiore, grâce à qui il fut nommé consul à Trieste, Stendhal écrivait après sa première crise d'apoplexie : « Je me suis colleté avec le néant. » L'AVC pour le moment n'a pas gagné. Je suis usé par la création, mais ne peux rester assis et dois toujours danser. Musset : « Il me manque le repos, la douce insouciance qui fait de la vie un miroir où tous les objets se peignent un instant et sur lequel tout glisse. »

Après le déjeuner, j'ai demandé à Suso de m'accompagner au bord de l'eau. M'y sont revenus ces après-midi de gaieté, quand dès les premiers jours du printemps nous nous baignions, mes frères et moi, dans le lac encore endormi. Ruggero et Enrico ont poussé mon fauteuil jusqu'au bas des marches, à l'endroit où les invités pouvaient accoster. Mon père se refusa toute sa vie à acquérir un bateau qui n'eût été qu'oiseau de malheur, mais nos amis préféraient l'été ne pas se rendre chez nous par la route ; sur leurs barques certains voguaient pieds nus et accueillaient la liberté dont on sentait les premiers parfums, bousculant vaguement Giuseppe qui n'aurait jamais envisagé, la chaleur fût-elle écrasante, de quitter son complet. De chez nous, les convives repartaient le lendemain vers d'autres rives du lac, Pliniana, Bellagio ou au bois des Sfondrata lire sous l'ombrelle de la comtesse Pietranera. Hier, je n'ai pu ni me baigner, ni même m'asseoir au bord de l'eau. Ruggero et Enrico ont vite préféré me remonter à la maison, sentant mon agacement de n'être jamais plus autonome, à l'endroit même où je grimpais enfant les marches encore trempé pour rejoindre ma mère. À l'abri des volets fermés, Carla lisait ou jouait du piano, et tandis que je l'embrassais sur le chemin de ma chambre, gentiment elle me grondait : pour les gouttes laissées sur sa robe ou parce que les marches de l'escalier menaçaient de nous faire glisser. Souvent je me demande : que deviendra la villa après moi ? Un oligarque russe l'offrira à sa fille lassée après quelques étés ; une entreprise en fera le théâtre nuptial de jeunes couples issus, pour le mirage d'un week-end, d'une lignée princière.

C'est de mon lit que j'écris désormais, où l'on m'a porté. Je préfère cela à devoir appeler après avoir fini au bureau, à une heure trop tardive. J'ai toujours aimé être servi, demandé aux domestiques de s'employer pour moi aux moindres tâches de la vie quotidienne, et voilà que je ne supporte pas de ne plus pouvoir les accomplir. J'écris allongé comme je mange le matin, au lit où l'on m'apporte du café. Je prendrai le luxe de me lever tard demain : j'ai demandé à ne pas être réveillé, parce que le travail est bientôt achevé et que je suis trop fatigué. Helmut viendra le soir si tout va bien. J'essaye encore de le retenir, mais n'ai plus d'argument pour convaincre.

Rome,
le 11 février 1973,

Ma petite mère,
Je ne sais pas si je suis égoïste (sans doute) ou cruel (assurément), mais voilà que dans un temps où l'amour et la fidélité voudraient que je plie seulement je me sens rompre. Luchino désormais demande un soutien constant, et chaque jour la même question se pose : est-on jamais capable d'embrasser la déchéance de sa moitié ? Il se laisse aller et me dégoûte. J'admire les dames patronnesses, mais tu conviendras que mon caractère diffère. Peut-être penses-tu que ce n'est pas le moment, que partir maintenant reviendrait à tirer une croix sur ce qui, dans quelques années tout au plus, pourrait me revenir... et tu aurais sans doute raison – encore faudrait-il que je m'assure des dispositions prises. Seulement, n'est-ce pas justement quand il va mal qu'il faut quitter quelqu'un ? N'en sortirait-on pas tous les deux grandis si je partais le premier, ne gardant pour image de lui qu'un reflet avantageux ? C'est sans doute trop tard, alors je reste à Rome et me divertis. Luchino de toute façon travaille toujours à notre film à Cernobbio où je préfère le laisser tranquille.

Je crois qu'on n'échappe à rien, et ma coupe pleine de ses colères. Lui qui a toujours mené la danse ne peut plus poser le pied. Me voilà maître du ballet et je pourrais m'en réjouir : peu d'occasions sont offertes aux femmes au foyer de reprendre leur vie en main. Nos rôles ont toujours été définis, à la maison comme au dehors, avec nos amis comme au lit. C'était lui le magicien, moi l'interprète de ses désirs. Ai-je jamais pris mes propres décisions ? Toujours je lui ai soumis les scénarios que je recevais. Son avis comptait à un point tel qu'il a construit ma carrière : s'il trouvait un projet trop mauvais, trop risqué ou peu ambitieux, et ce même s'il me tentait, je le refusais. Me suis-je laissé enfermer ? Non, je l'ai décidé, mais peut-être son accident m'offre-t-il l'occasion de rebattre les cartes.

Comment va la vie à Salzbourg de ton côté ? toujours aussi chiante ? En fait, Luchino est un bon entraînement : c'est bientôt ton fauteuil roulant que je pousserai entre les vaches !

Bisous,
Deiner Helmut

Ses yeux bleus et cheveux bouclés, frisés plutôt, lui donnaient un air d'Antinoüs. Quelques taches de rousseur tavelaient un nez fin ; sa peau était de celles qui ne bronzent jamais. Sous sa chemise blanche au nœud papillon noir, on imaginait un torse glabre. La légèreté avec laquelle il portait son plateau voulait feindre l'expérience ; les égards qu'il avait pour son rôle l'empêchaient de porter ses yeux vers mon fauteuil roulant.

Au moment d'enlever mon assiette, sa main s'attarda sur la mienne, posée sur la table. En remarquant la santé de ses ongles bien coupés - il ne les rongeait pas, aussi sa tranquillité n'était sans doute pas qu'apparente -, je fus incapable de savoir si je rêvais son geste ou si ses doigts, l'espace d'une seconde, caressèrent au vrai les miens. Ses longs doigts fins me rappelèrent les mains de Björn, dont je me souviens comme de ceux d'un pianiste. Quand il se retira, je sus que c'était la dernière fois. Jamais plus je ne sentirais la main d'un inconnu sur la mienne, et à cette pensée un sentiment de finitude m'envahit. Je vis là le soir de ma vie et fus reconnaissant de ce signe, comme un bonheur décuplé par la conscience de le vivre.

Pour la première fois depuis l'accident j'étais sorti de chez moi. Ce jour-là, à travers les vitres de ce restaurant qui surplombait le lac de Côme, on ne pouvait en apercevoir l'autre rive, masquée par le brouillard. Je m'étais figuré la mort ainsi, quelques mois plus tôt, au moment de m'effondrer : une eau noire, empoissée par la brume.

Stockholm,
le 20 novembre 2020,

Robine,

Beaucoup pensé à Elvin aujourd'hui. Ses cheveux étaient pareils aux miens, c'est ce qui m'a frappé le jour où je l'ai vu la première fois, je veux dire le jour où il est né. Ce matin-là, j'ai senti mes deux pieds sur le sol, si sûrs d'eux-mêmes qu'ils auraient pu le creuser. À sa vue je me suis dit Ça y est, je ne peux plus mourir. Non pas que je voulais mourir, mais peut-être que tu as ressenti ça toi aussi à la naissance des tiens, quelque chose qui nous dit Je ne peux plus, à la seconde où on voit son enfant, Je n'en ai plus le droit. On se sent plus fort et dans le même temps plus fragile, sa propre mort soulignée par son interdiction.

Aussi, on a reparlé du film aujourd'hui, ou plutôt de la nouvelle de Mann. Je n'y avais pas pensé depuis le début de l'épidémie : Mann décrit à Venise l'avancée en 1911 de ce qu'il appelle « le choléra asiatique », débarqué en Méditerranée par des bateaux venus d'Asie. Comme aujourd'hui, la Ville tarde à prendre les mesures nécessaires, pour ne pas effrayer les touristes. Je relis : « La considération que l'on venait d'ouvrir une exposition de peinture au jardin public et que les hôtels, les maisons de commerce, toute l'industrie complexe du tourisme risquaient de subir de grosses pertes au cas où, la ville décriée, une panique éclaterait, tout cela l'emportait sur l'amour de la vérité et le respect des conventions internationales, et décidait les autorités à persévérer obstinément dans leur politique de silence et de démentis. »

Finalement, un homme conseille à Aschenbach de partir avant le début de la quarantaine, qui n'est plus qu'une question d'heures. Évidemment, l'écrivain musicien tente de fuir mais est retenu malgré lui à Venise par Tadzio. Il meurt terrassé à ma vue, celle de l'enfant qui se confond avec le choléra.

Je t'embrasse, mais seulement de loin.
Pappa

La guerre avait obligé mes parents à renvoyer les bonnes allemandes, nombreuses chez nous en ce temps-là. Notre gouvernante française prit ainsi sa place dans notre éducation. Mademoiselle Hélène nous emmenait au cinéma voir *Le Masque aux dents blanches*, de George B. Seitz et Edward José, un film en seize épisodes que nous rejouions à peine rentrés via Cerva. Il y avait le bon, le traître et le héros ; nous prenions l'affaire au sérieux en attendant que sonne la cloche de cinq heures, celle qui devait nous ramener dans nos chambres avant le dîner. Un de ces après-midi de jeu, je fus enfermé par l'un de mes frères dans l'armoire d'une galerie. Mademoiselle Hélène me sortit de là involontairement, alors qu'elle ouvrait la porte pour y ranger un drap : je tombai sur elle, encore ligoté. Je garde le souvenir précis de ce moment-là, cette minute-là, deux tout au plus au cours desquelles je riais jusqu'aux larmes tandis qu'elle s'énervait, me grondait pour la bêtise que je venais de faire, que nous venions de faire, pour l'inconséquence et l'impertinence auxquelles elle voulait tordre le cou.

Sa longue chevelure noire était ramenée en une natte qu'elle défaisait chaque nuit pour ses quelques heures de sommeil. Au matin, après avoir vidé son seau, Hélène s'attelait à la préparation de ce qui se devait d'être prêt au réveil de la progéniture ducale. Les jours où nous ne sortions pas, la bonne choisissait elle-même nos vêtements qu'elle disposait pliés sur nos lits. Les yeux de la Française étaient pareils à ceux d'une jeune actrice dont elle partageait la séduction encore ignorante d'elle-même. D'un ovale de topaze, protégé par d'épais sourcils qui se touchaient, son regard venait du bas qui offrait à tous la même douceur. J'ai raconté que je lui dois en partie ma découverte du cinéma, mais j'ai omis sa piété : chaque jour, elle s'agenouillait sur les marches des églises.

Dans la chaleur d'un été qui l'étourdit, sur le foin de l'écurie, Hélène trompa un jour le Christ avec un palefrenier de mon père. Il la caressait de compliments qu'elle n'en revenait pas d'entendre, la couvrait de baisers qu'elle n'avait jamais reçus, et lui donnait rendez-vous dans un murmure devant la grille la nuit tombée. Un soir, il lui proposa de s'enfuir. Après deux mois d'angoisse et d'aménorrhée, Hélène accepta. Elle assura mes parents de sa reconnaissance, de sa tendresse pour leurs enfants et s'en alla, valise à la main, pour les terres du jeune homme. Là-bas, elle trouva une maison vide. Dans « le chagrin désordonné », sur le chemin du retour, Hélène renonça à la joie et accoucha dans sa chambre six mois plus tard. De longues prières furent murmurées au pied d'un lit, dans le silence de la nuit milanaise, pour le salut d'un palefrenier.

Mademoiselle Hélène n'avait jamais lu que des pages de la Bible et d'un manuel d'hygiène, aussi souvent mon père rencontrait-il la culpabilité de confier une large part de l'éducation de ses enfants aux bons soins d'une innocente. Le duc commentait à voix haute ses traits qui lui rappelaient, selon l'image qu'il disait s'en être faite, ceux d'Odette de Crécy, cocotte aux goûts vulgaires. Une flèche perçait alors le cœur d'Hélène qui n'avait d'autre choix que de se taire.

L'amusement n'était possible qu'à certaines heures : il n'eût fallu être en retard à table, même si une fois assis nous y pouvions faire peu ou prou n'importe quoi... Je me rappelle me battre, séparer des chiens à mes pieds, faire tomber la cuiller d'un majordome dans une soupière sans que Giuseppe bronche. Paradoxes de don Zizi qui avait pour lui d'être aussi élégant que superstitieux. Un de ses frères mourut le jour même où il reçut un oiseau pour cadeau et jamais plus dès lors mon père ne supporta la vue des volatiles. Aussi, après que le portrait d'un aïeul se décrocha du mur d'une salle où nous dînions - la corde qui l'accrochait avait rompu -, Giuseppe quitta la salle sur-le-champ et s'enferma deux jours dans le silence de sa chambre, persuadé que la chute du tableau annonçait autre chose, celle d'un toit, d'un arbre sur notre maison et, partant, la mort de notre famille. Son abattement avait raison des discours de ma mère qui, inlassablement, tentait de le rassurer d'une patience de nonne.

Après la séparation définitive de mes parents en 1924 et mes fugues alors nombreuses - tant leur divorce fut critiqué à l'aune du « courage » vanté par la Place Saint-Pierre -, mon père accueillit ses enfants, la moitié du temps, dans son palais de Grazzano autour duquel tournait un village qu'il avait fait construire en « bon socialiste ». Un palais où ma mère refusa de se rendre dès le jour de leur rupture - pas même pour le mariage d'Uberta –, dont je n'ai jamais su, au fond, la raison. Donna Carla avait semble-t-il découvert quelque chose sur quoi elle n'aurait jamais dû lever le voile. Elle n'était pas dupe de la légèreté de don Zizi… Grazanno, baptisé Grazanno Visconti (à l'image du village d'Illiers, en France, peint dans *La Recherche* sous le nom de Combray, renommé Illiers-Combray), fut façonné par mon père à son goût. Il y rénova toutes les bâtisses et en fit construire de nouvelles dans le style néomédiéval d'origine. Le duc voyait là le moyen de ne pas paraître distant de ses sujets ; une générosité exacerbée qui voulait le protéger et nous avec lui, asseoir une aristocratie dont on ne devait s'excuser mais faire bon usage. Mon père aimait le spiritisme et les sciences occultes, et par-dessus tout se déguiser. Une frivolité de l'esprit comme de mœurs dont il faisait preuve au détriment de sa femme – on a tant répété dans les couloirs que Giuseppe aimait la reine… Manière d'éloigner les angoisses qui le rongeaient. Qu'aurait-il ressenti s'il avait été là ce jour où Mlle Hélène, mes frères et moi avions pour pique-niquer étendu sur l'herbe une nappe au fond du parc, nappe qui se mit à bouger ? Un nid de couleuvres se réveillait dans l'herbe. Nous les tuâmes à coups de bâton avant de les brûler, guivres que seul saint Julien l'Hospitalier avait avant nous réussi à abattre. Sans doute Giuseppe eût-il vu là la fin du monde.

Mon père badinait avec l'amour : sa faconde comme sa beauté pareille à celle de Robert de Montesquiou lui permettaient de séduire sans mal. Avec certains de ses amis, Giuseppe prenait aux beaux jours le chemin de fer, gagnait Venise ou Parme (on redoutait les chaleurs du Sud) accompagné de jeunes femmes rencontrées ici ou là qu'il ne connaissait pas au printemps. Les messieurs à leur bras promenaient leur trophée.

Presque immobiles, maintenus dans leurs redingotes, les princes du Nord dessinaient des tableaux d'Ingres. Les repas étaient pris à bord sur des tables de porcelaine et d'argent ; la volaille servie à midi, le sorbet à cinq heures. Les demoiselles papotaient, s'excusaient dans un sourire d'y prendre goût, examinaient du coin de l'œil les mousselines de leurs voisines. Gaiement, réajustaient leur coiffe, et au passage d'une étrangère murmuraient des causeries plus intimes. À la secousse d'un passage à niveau, il était d'usage que ces dames adoptassent une mine inquiète. Les hommes les rassuraient d'une main certaine, garants de la sûreté de l'équipage. De cette même main, ils proposaient leur aide à la descente des wagons, se félicitant du voyage achevé sans encombre. De l'autre, ils ouvraient les portes des voitures qui les attendaient au seuil de la gare et invitaient leurs compagnes à y monter. Quand tombait leur chapeau, on apercevait à la doublure la couronne brodée de leur duché.

Les Visconti et les Sforza, satrapes à la cour desquels flottait, lit-on dans *La Chartreuse de Parme*, « la volupté naturelle aux pays méridionaux », gouvernaient en maîtres des intrigues. À l'inverse de saint Michel terrassant le dragon, l'enfant de notre blason n'est pas vainqueur de l'animal : le reptile engloutit l'innocence. *Vipereos mores non violabo.* Le serpent, Colbert l'avait aussi surmonté d'une couronne, mais un serpent sans enfant. Pas d'enfant non plus chez Balzac qui, reprenant la particule ajoutée par son père à leur nom, s'était dessiné de fausses armes. La couleuvre, sur l'une d'elles, sinue au centre. C'est que l'écrivain conservateur avait pour maîtresse une Anglaise mariée au comte Guidoboni-Visconti, rencontrée en 1835 lors d'un bal donné par l'ambassadeur d'Autriche à Paris. La *contessa* le sauva bien souvent de l'infortune.

Pour nous, le serpent bleu répondait au caducée de Carla ou plutôt à celui de Carlo, mon grand-père maternel, pharmacien qui bâtit une fortune gravée en lettres d'or sur les frontons de la *piazza del Duomo*. Archevêques, bâtisseurs et généraux d'armées ont porté avant moi ce patronyme dont l'écho résonne du Moyen Âge aux batailles de Napoléon. Que mon père en était fier ! « Des futaies et des clochers gothiques », raillait Proust, qui ne charment que les bourgeois ; une histoire que l'on porte en soi, certes, celle que l'on dit d'une « vieille famille » mais toutes les familles en portent une, d'histoire, forcément vieille, certaines n'ont que la chance d'en conserver des traces, se raccrochent aux branches communes d'un monde qui s'abîme, prises au piège de leur propre réticule. Pour le Guépard, « avoir des titres de noblesse, c'est posséder des traditions, c'est-à-dire des souvenirs uniques, des souvenirs rares ». Le roi Humbert m'avait reproché de ne pas connaître davantage la généalogie de mon sang, devoir auquel à ses yeux je manquais. Un érudit avait tenté, dans ma jeunesse, de tisser les ramures de cette lignée qui « au cours des siècles n'avait jamais su faire l'addition de ses dépenses », mais s'était heurté au manque de documents. Bien sûr, c'est avec intérêt que j'appris par hasard notre lien avec les Wittelsbach, la famille de Bavière, celle de *Ludwig*, alors que j'adaptais la nouvelle de Klaus Mann. Je ne suis pas insensible à la gloire de l'Empire, notre récit de poussières et de statues qui peuplent les villes de Lombardie. Seulement, nous autres intellectuels italiens, sommes prompts à l'hérésie.

En écrivant le nom de Klaus Mann, je repense au journal de Julien Green dans lequel il rapporte que l'Allemand, fils de mon si cher Thomas, aimait les enfants « dès dix ans », et « les garçonnets de douze ».

Chapitre quatrième

Point ne lui donnera la belle sépulture
Qu'eût faite à son trépas le coq d'or de Gallure,
La vipère qui tient l'écusson milanais.

DANTE, *Le Purgatoire*, chant VIII

Venise,
le 19 mars 1970,

Björn,

Si j'écris cette lettre que tu ne recevras pas, celle-ci comme les autres, c'est pour ne pas risquer de laisser ses mots m'échapper. Une prévention ou le moyen de purger ce qui me traverse. Un artiste n'est pas un pur esprit, un réalisateur de cinéma ou un écrivain n'est pas un intellectuel, il se doit de tenir un discours s'il veut s'inscrire dans la durée mais n'est pas né pour penser : il existe pour sentir et faire sentir.

Je me demande, après une semaine de tournage seulement, si je serai à même de garder ma place derrière la caméra. L'ange au seul visage fendrait un bloc de marbre. Le film se construit d'un désir, le livre était né d'un autre. Dans les deux cas, la chose est la même qui réside davantage encore dans le désir du désir : l'espoir que celui-ci naisse en toi. Je te donne le film, Björn, en rêvant que tu te donnes complètement.

Au fond, je ne supporte pas l'image de la vieillesse que tu me renvoies d'un même mouvement. Je vis pour toujours en adolescent, chérissant l'insolence, haïssant ma chair engourdie.

Visconti était-il un voleur d'enfance, mû par la ductilité de la jeunesse ? Je voudrais nous élever jusqu'au vertige.

Je t'embrasse et te tiens, de loin encore.
Luchino

Rome,
le 17 mars 1981,

Luchinaccio,

Cinq ans que tu es parti, toi qui ne m'entends pas et ne me répondras pas. Ne me restent que les souvenirs dont je maintiens le feu, rien que ces souvenirs, pas même la maison de Castel Gandolfo qui devait me revenir. Mais ta famille... Les seigneurs de Milan ont le pillage en héritage. Je n'ai pas fait de scandale, le scandale je m'en fous, bien sûr que je m'en fous, qu'irais-je faire seul dans ce palais si ce n'est te pleurer, ce que je peux faire partout ?

Ta famille, Luchino, a prétendu ton testament perdu. Il aurait été volé peu de temps après ta mort ; le secrétaire dans lequel tu l'aurais rangé, selon ton majordome de la via Fleming, forcé. Je n'y ai pas cru une seconde, mais qu'importe, je n'ai pas eu la force de me battre. Si beaucoup de gens m'ont cru coupable de cupidité, voilà la preuve qu'il n'en est rien. Je garde deux ou trois choses précieusement, comme les scénarios qui ne verront jamais le jour – je vais confier ta *Recherche* à ta fidèle Suso qui en fera bon usage –, un foulard que je ne t'avais jamais rendu, un stylo... J'ai retrouvé tes lettres de Venise aussi, dans une valise que tu m'avais un jour apportée en me demandant de ne jamais les ouvrir, certain qu'elles seraient plus en sûreté chez moi que chez toi, des lettres que tu m'avais demandé de détruire, ce à quoi je n'ai pas voulu obéir. Aujourd'hui, je vois que ces courriers, jamais envoyés, étaient tous destinés à Björn Andrésen...

Je ne posterai pas celle-ci non plus bien sûr, comme toutes les autres avant elle, mais j'écris cette dernière missive en cette date anniversaire ; début d'un autre temps, moins humide, plus serein. Je le veux, je l'espère. J'ai vécu comme une cloche sans air, la moitié de moi-même. Pendant des semaines, je t'ai appelé tous les soirs en espérant que tu décrocherais. Je me suis suicidé plusieurs fois avant d'arrêter, ça ne marchait pas. Dans ton dernier mot, tu me demandais de ne pas jouer à la veuve éplorée, mais je le suis et le resterai. Tu le sais comme tu as toujours tout su de moi. Marisa m'a beaucoup aidé, puis à son tour s'est fatiguée. Il y a quelques années, elle m'a écrit : « Je ne veux plus te voir *in constant agony*. Je sais que les hommes comme toi n'ont pas la vie facile, parce qu'ils ont constamment besoin de nouveaux "sentiments", et parce qu'ils n'ont ni la volonté ni l'envie de se connaître eux-mêmes. *Pull yourself together, darling.* » Je me suis efforcé de lui obéir.

À Rio, on m'apprit ta mort le 17 mars 1976 à peine quelques heures après mon arrivée – Florinda m'avait emmené à la plage et saoulé, pensant sans doute mieux faire passer la pilule. Alitalia m'offrit sur-le-champ mon billet de retour pour Rome. Obsèques nationales : toute l'Italie était présente et au-delà, du président aux plus pauvres. Comme pour Victor

Hugo en son temps à Paris, les Romains ont marché derrière le corbillard à travers les rues de la ville. Tout le monde portait des lunettes noires sauf moi qui voulais te regarder dans les yeux une dernière fois. Je surveillais de près la couronne de gardénias que j'avais fait déposer sur l'autel, de peur que ta famille ne l'enlève. Dans l'église, au second rang, je me suis rappelé ce jour de tournage de *Ludwig*. Un matin, avant de commencer, pendant que le premier assistant et d'autres s'affairaient aux derniers préparatifs, tu t'étais assis sur le trône, l'authentique trône du souverain, et tu nous observais. Tu espérais venir à bout de ce film auquel tu pensais depuis si longtemps, obsédé par la vie du Roi-Lune qui s'était pris pour le Roi-Soleil, moins attiré par le pouvoir que par ce qu'il y avait de plus beau de plus grand de plus éclatant. Tu as grandi comme un prince et dans le lac de Berg vu son reflet. Depuis son siège de velours, tu régnais sur ton monde. Le monde ancien comme le nouveau, la charnière que tu t'es attaché à peindre. Aujourd'hui, même les philosophes reconnaissent ton génie : « Visconti est un des auteurs qui ont su rendre l'Histoire la plus présente », dit Deleuze qui parle de ton œuvre comme d'un cristal, jamais vraiment éclatant, toujours en décomposition. Et de prendre mes dents pour illustration. Mes dents ! Tu voulais voir le sourire de Ludwig noircir à mesure qu'il sombrait dans la folie. On n'eut pas besoin de maquillage : j'étais ravagé par la dope.

À présent, que faire ? Puisses-tu me revenir, d'une façon ou d'une autre. Je m'applique à être bon élève et continue de voir un thérapeute - les calmants m'ont fait tellement grossir que je suis dans le fond soulagé que tu ne puisses me voir ainsi.

Je voudrais que ton ombre me précède encore, je dois réapprendre à marcher.

Je suis arrêté quelque part
Et n'attends que toi.
– Whitman

Stockholm,
le 10 juillet 2020,

J'étais allé lui rendre visite chez elle, souvent j'y allais quand je m'ennuyais ou me disais que ça faisait trop longtemps que je ne l'avais vue. Je m'étais garé devant la maison, je me garais toujours au bord de la route devant le portail, un petit portail qui donnait sur un chemin de pierre menant à la porte d'entrée, un portail qui ne servait à rien, pas même à éviter que les chiens ne viennent dans son jardin puisqu'il était trop étroit, les animaux le contournaient. Cette fois-là, ma grand-mère avait dû m'entendre arriver ou elle guettait par la fenêtre de la cuisine parce qu'à peine j'ai claqué la portière qu'elle est sortie à son tour de la maison, j'allai pour l'embrasser mais j'ai vite vu que quelque chose clochait, quelque chose dans son regard que je ne connaissais pas. Pas son regard à elle, mais celui de quelqu'un d'autre ou d'absent. Elle s'est précipitée vers moi et m'a craché au visage.

Ça faisait longtemps que ça clochait au fond, personne n'a jamais dit qu'elle avait alzheimer mais en fait c'était sûrement ça ou une merde du genre. Mon grand-père Otto était mort longtemps avant, il n'y avait personne pour s'occuper d'elle alors je lui faisais parfois des courses. On s'était assis dans sa cuisine où d'habitude on pouvait encore causer en buvant du café, mais depuis ce jour-là elle n'a plus jamais parlé. Si, un mot, un dernier, quand elle a levé la tête, son regard planté dans le mien, et dit : Otto ?

J'écris ces histoires qui ne sont pas bien gaies - j'espère que je n'ai pas déjà raconté celle-ci ? Peut-être que mon appartement est devenu ce qu'il est parce que je perds la boule aussi et que je radote toujours sur les mêmes histoires, en boucle sans m'en souvenir ? dis-le moi si c'est le cas - parce que je ne veux pas devenir comme elle, s'il te plaît ne me laisse pas devenir comme elle. Est-ce que si je deviens sénile à mon tour tu pourrais me tuer ?

Je sais bien que ce n'est pas facile à entendre, seulement il n'y a pas de bon moyen de le demander. L'écrit nous convient mieux comme tu me l'as dit ou bien peut-être que c'était moi qui le disais. Qu'y a-t-il de pire que d'oublier ? À quoi bon construire une vie une maison des enfants si c'est pour ne plus savoir qu'on les a construits ? Dans ce cas on pourrait tous ne rien faire, rien du tout, l'humanité entière ne ferait rien et n'aurait jamais rien fait, archaïque pour toujours, ce serait plus reposant, plus écolo aussi sûrement, encore que, en fait non, on ne se fatiguerait pas et vivrait bien trop vieux.

Quelque temps avant de tomber, Nanna m'avait écrit un mot comme si elle n'osait pas me le dire en face, elle m'avait écrit qu'elle s'inquiétait pour moi, elle voyait que je n'avais pas joué depuis belle lurette, que je n'avais plus envie, elle voulait me dire de reprendre le cinéma, de tourner à nouveau puisque c'était tout ce que je savais faire. Elle avait conclu par une formule qui ne lui ressemblait pas : « *Tu es capable. Ou alors résigne-toi à la pauvreté des poètes, mais il n'y a pas de cheminée blanche dans cette vie-là. »*

Ma grand-mère ne s'était jusqu'alors jamais intéressée ni à moi ni à qui que ce soit, mais à elle seulement. Elle pensait que c'était déjà bien suffisant comme ça, que c'était déjà bien assez dur de s'occuper de soi alors des autres n'y pensez pas.

C'était un des derniers jours qu'elle passait chez elle. Je lui ai demandé si elle avait une fois ne serait-ce qu'une fois pensé à moi, je veux dire vraiment pensé à moi. Si elle pensait à elle ou bien à moi le jour où elle m'avait traîné au Grand Hôtel. Tu savais que le cinéma ne m'intéressait pas moi je m'en fichais je lui dis, je voulais faire de la musique et c'est tout, tu ne t'es pas dit que je le faisais pour te faire plaisir seulement ? Oui la musique c'était ton truc elle me dit, c'est vrai que c'était ton truc. (Ma grand-mère disait toujours ça pour couper court quand quelqu'un lui racontait sa vie ou ce qu'il faisait dont elle se contrefichait, Ah oui c'est ton truc ça, et voilà, rideau, ah oui c'est ton truc qui voulait dire je m'en fous complètement et de toute façon je ne sais pas bien ce que tu me racontes.) Mais dans le fond tu voulais être célèbre, tu le sais, quand on veut faire de la musique c'est pour devenir célèbre ! Souviens-toi comme tu aimais Jimi Hendrix ! Certes j'avais une photo de lui dans ma chambre je lui dis, mais ça ne veut pas dire que je voulais être Jimi Hendrix. Les lèvres pincées elle conclut Tu voulais devenir une star et tu l'es devenu, tu devrais me remercier.

Au bout de quelques mois, quand elle traitait trop souvent de salopes les infirmières qui venaient la coucher, il fut question de l'envoyer en maison de retraite. Les pauvres en avaient marre et moi aussi. Ses fusibles étaient grillés, il était devenu facile de lui faire croire à peu près n'importe quoi, elle-même se prenant souvent pour n'importe qui. Parmi les personnages qui revenaient dans sa tête il y avait un homme, ancien combattant d'Indochine. Un soldat français qui avait passé cinq années dans la province du Tonkin mais que les autochtones avaient protégé, loin de lui vouloir du mal à lui qui était si gentil. Parfois, sur place, elle racontait qu'il prenait « l'avion-taxi » pour des distances courtes, ou pour aller aider les populations des territoires enclavés. C'est du moins ce que je comprenais. Quand une place s'est libérée dans une maison pas loin de chez elle – et pas trop chère, que je comptais payer en vendant son appartement –, je lui ai demandé si elle voulait revoir Venise. Alors, elle m'a souri béatement. On ira la semaine prochaine à Venise dans ce cas je lui dis, je prendrai les billets d'avion, on retournera là où on était, tu vas voir tu reconnaîtras ta chambre sur la lagune, on prendra avec nous ton fauteuil tes livres tes tableaux, ce sera un peu comme chez toi, tu auras la télé et plein de gens de l'hôtel à s'occuper de toi ça va être bien, d'accord ? Les sourcils froncés, elle examinait mon visage d'un air perdu. Dans un soupire, elle murmura Je sais qui tu es. Je lui demandai de répéter, pas certain d'avoir compris. Elle avait tourné la tête.

Le jour de sa mort fut de ceux où la tristesse empêche de pleurer, où l'on se départit de la réalité en se convaincant qu'elle est ailleurs.

J'arrête là mes bavardages !

Bisous,

Pappa

Salzbourg,
le 12 juillet 2005,

Luchino *mio,*

Cela fait des années que je ne t'ai pas écrit, mais j'en ressens de nouveau le besoin aujourd'hui. Une chaîne de télévision allemande vient de terminer le tournage d'un documentaire sur moi ; les épaves remontent à la surface. Et puis, il y a quelques jours, j'ai acheté une vieille édition de la correspondance de Thomas Mann, trouvée ici dans une boutique de livres anciens. Dans l'une d'elles, il écrit : « L'artiste s'apparente au prince. » La lettre date du 14 novembre 1906, quelques jours après ta naissance.

Les journalistes sont venus ici, où je vis depuis des années maintenant auprès de ma mère qui vieillit. Les plats qu'elle cuisine n'ont plus le même goût qu'avant et d'une heure à l'autre elle oublie ce que je lui dis. Je ne fume plus, j'ai arrêté quand je me suis réinstallé ici. Je n'aime toujours pas l'Autriche, mais c'est comme ça. Toi sans doute que tu aurais aimé, c'est calme, très calme… souvent chiant. Pardon, mais dans le fond qu'est-ce que j'ai pu me faire chier parfois avec toi toujours à lire, prétexte infini pour ne rien faire. Bref, Rome était devenue bien trop chère et je voulais tourner la page. On met du temps à s'habituer à la lenteur de la vallée, un lieu fait de silence, de vaches et de montagnes dont j'avais besoin. J'ai soixante et un ans et je sais que je mourrai là, dans cette petite maison, dans cette région où je ne connais plus personne. Je mourrai seul, Luchino, et sans doute l'ai-je mérité, mais les vents en moi soufflent moins fort qu'avant - il faut du temps pour isoler sa maison - et je distingue de moins en moins la vie de la mort. On m'a demandé, dans le documentaire, comment je voudrais mourir. J'ai répondu D'une overdose, mais de quelque chose de beau.

Ce tournage est une sorte de pèlerinage. On s'est rendus à Rome où je n'étais pas revenu et où beaucoup de choses m'ont fait mal. On est passés via Salaria, ce que je me refusais à faire jusqu'à présent. Je n'ai pas voulu descendre de la voiture, mais en revoyant la façade m'est revenu en mémoire le cloître du jardin et cette photo de toi, assis face à la fontaine, portant un costume blanc. Tête baissée, tu allumes une cigarette. Cette photo est encadrée chez moi. Dans ce jardin, tu t'étais piqué d'indiquer sur de petites ardoises les noms des plantes en latin. C'était snob comme nous, mais traduisait un goût sincère que tu avais hérité de ta mère.

On est allés le lendemain jusqu'à Ischia, où bien sûr je n'étais pas retourné non plus. On est montés à bord du ferry sur le quai de Naples, comme on le faisait chaque année au début du mois de juillet. Traversée idéale sans un nuage, digne des plus beaux étés. J'ai aperçu au loin le restaurant de poissons que tu aimais, toujours là. Mais ensuite, l'arrivée sur l'île... Beaucoup de choses ont changé à La Colombaia, Luchino, et tu n'aimerais pas la tournure qu'elles ont prise. La maison est devenue un musée, la Fondation Visconti consacrée à ton œuvre et c'est une bonne chose, bien sûr. Tu as marqué le cinéma de ton empreinte, il fallait au moins cela. Seulement, les volets en bois naturel ont été peints en bleu. La grande terrasse, bâtie sur un promontoire, affrontant la mer, n'abrite plus le mobilier en osier de Biarritz. Les grands parasols blancs ont disparu, comme les statues de lévriers qui gardaient les portes-fenêtres. (Où sont-elles ? qui les as récupérées ? tes frères et sœurs, sans doute.) La décoration de la maison était pourtant dans ses moindres détails étudiée... Tu disais que pour le décor d'un film, même un tiroir vide, dans la commode d'une chambre, se devine. Sur un plateau, quelque meuble que ce soit apparaissant à l'image se devait d'être rempli, même s'il n'était jamais ouvert. Une obsession parfois utile : après l'incendie de la Fenice, en 1996, la Ville de Venise s'est inspirée de ton *Senso* pour reconstruire son Opéra à l'identique...

Dans le parc, plus une de tes fleurs préférées, ces hortensias plantés alors à foison par dizaines roses et bleues que l'on était fiers de maintenir à renfort d'abondants arrosages. Pas vu même les gardénias qui longeaient alors le sentier reliant mon pavillon à la maison, perchée sur les hauteurs. De là, Wagner résonnait jusqu'à la mer que nous ralliions par un petit chemin de chèvres. Malgré ton désaccord – tu voulais que tout reste à l'état naturel, mais bordel, le confort ! –, j'avais fait construire une piscine d'eau salée ainsi qu'une sorte de vire, chatouillée par les flots, depuis laquelle nous plongions. Au large, je gagnais sans mal un rocher, cinq ou six fois par jour, où je faisais une halte avant de revenir en crawl. Valentino nous rejoignait à la fin de l'après-midi en bateau, et ensemble on enchaînait les bloody mary. À mi-chemin entre la mer et la villa, j'avais demandé une cabine de plage pour nous changer, équipée d'un minibar et d'un téléphone. J'appelais la cuisine quand j'avais faim et prévenais que je remontais. Le soir, nous dînions dans la grande salle à manger ; nous nous y asseyions toujours l'un en face de l'autre, entourés par les amis, une dizaine au moins, une douzaine souvent. Sur les buffets en acajou verni, je disposais des coquillages ramassés sur la plage. Aujourd'hui, cette pièce est habitée par des mannequins qui portent les costumes de tes films, ceux des *Damnés*, mes habits de Ludwig… le maillot de bain de Tadzio. Après le dîner, nous continuions dans le salon aux fauteuils sombres couverts de coussins en peau de léopard. Si nous ne nous étions pas disputés, je t'accompagnais ensuite dans ta chambre, avant de dormir plus haut encore, sous le toit. Entrant par la fenêtre étroite, le chant des vagues m'endormait.

Après *Ludwig* et mon séjour à l'hôpital, tu me disais Essaye de mettre de l'ordre dans ta tête. Plutôt, Essaye de te structurer dans ta tête. Tu veillais sur moi, me reprochait telle ou telle fréquentation… Je n'ai jamais su le faire, me structurer dans ma tête, mais si le roseau a beaucoup penché il ne s'est pas encore brisé. Pour je ne sais plus quel anniversaire de Marisa sur la Côte d'Azur, j'avais réussi à dégoter un léopard - gavé de calmants, je te rassure. Une laisse à la main et le fauve à mes pieds, j'ai toisé un parterre de convives qui n'avait jamais jusqu'alors rencontré le panache.

À ta mort, tous, à l'exception de Marcello Mastroianni qui fut le seul à m'écrire, m'ont tourné le dos. Venir à Ischia n'avait pour nos amis plus de sens puisque tu n'étais pas là, c'est bien normal, mais prendre de mes nouvelles n'en avait semble-t-il plus non plus. Sans doute avais-je trop porté sur tes rayons mon ombre. Si Luchino n'avait pas été bercé par ce diable, serait-il encore là ? Je ne leur en veux pas, non, je les méprise. Mais pardonne-moi de t'écrire cela, ce n'est rien d'important. En marchant dans le parc de La Colombaia, je suis tombé sur ta pierre tombale. Je sais que tu reposes là, je le sais depuis toujours mais je n'y pensais plus et fus surpris. Sans doute autant de la découvrir par hasard que de sa simplicité : dénués de tout ornement, gravés dans une roche sur laquelle réussissent à pousser de la mousse et quelques fougères, vos deux noms, soulignés de vos dates de naissance. Tu reposes avec ta chère Uberta qui t'a rejoint il y a deux ans.

Je voulais moi aussi reposer à Ischia, mais j'irai de l'autre côté de l'île, au cimetière. Il n'y a plus de place pour moi à tes côtés. L'année prochaine, pour ton centenaire, la fondation organisera toute une série d'événements à ta mémoire et l'on viendra du monde entier.

Adieu, tout à toi,
Deiner Helmut

St.,
le 19 mai 2023,

Chère Robine,
Helmut Berger est mort. Coïncidence étrange : j'ai pensé à lui hier, me demandant s'il était toujours vivant. J'ai pensé Peut-être qu'il est mort et je ne l'ai pas su, si je n'ai pas écouté les infos ce jour-là (comme la plupart du temps) cela a pu m'échapper, mais j'ai pensé aussi que je l'aurais sans doute appris plus tard, par hasard ou par quelqu'un. À la radio, on a répété l'amant et la muse, la beauté déchue, l'acteur consumé, avant de passer un extrait de sa dernière interview. Berger disait qu'il était mort à la mort de Visconti. (Malgré tout ce qu'il s'est mis dans le nez, il a quand même duré jusqu'à ses soixante-dix-huit ans, pas sûr que j'en fasse autant.) Sur internet, j'ai lu des dizaines de nécrologies, souvent semblables. Des mots écrits par un journaliste passionné ou pressé, à la plume épaisse ou enlevée, un journaliste averti ou trop jeune pour l'avoir déjà vu jouer mais gravant dans la mémoire de milliers de lecteurs les quelques images d'une vie à retenir. Dans l'un des articles, on lit : « *Ludwig* (1973) est, en filigrane, une réflexion, imprégnée de regrets et de remords, sur les ravages

qu'un créateur peut infliger à sa créature. » Visconti en avait commencé le tournage juste après la sortie de *Mort à Venise.*

Berger a toujours dit qu'il était veuve, la veuve de Visconti. Tu trouves ça normal, toi ? Je veux dire, les gays, pourquoi depuis le temps ne peut-on toujours pas les guérir ? Pardonne-moi, mais enfin on considère désormais qu'ils peuvent avoir des enfants... ça me dépasse. Je m'y étais frotté à la vingtaine, à cet âge-là on tente des trucs (j'espère que toi aussi tu as tenté des trucs) puis ça n'est pas comme si je n'avais pas baigné dans ce bain-là depuis des années, seulement le bain était trop froid pour moi. J'ai rencontré ta mère à un moment où l'on avait tous les deux besoin de l'autre, même si elle aussi pensait mal. Un jour, elle m'a dit Je n'étais rien, avec toi je suis devenue quelqu'un. Ç'a sonné la fin. Devenue quelqu'un, mais moi, je suis qui ? Je suis quelqu'un parce que tu m'as vu dans un film élevé au rang de chef-d'œuvre un peu trop vite ? Un journaliste à qui j'avais demandé ce qu'il en pensait m'avait répondu un truc qui m'avait plu il y a quelques années, du style C'est un film de bonne facture, mais surestimé. Il m'a fait beaucoup de bien, ce type. J'ai toujours dû me battre avec moi-même pour me sentir un homme. Peut-être parce qu'où que j'aille toute ma vie derrière moi j'ai entendu des murmures. Aujourd'hui, on dirait sûrement que j'étais un enfant androgyne ou du genre « neutre » ou un truc de ce goût-là – on ne parle que de ça maintenant, *gender fluid* et compagnie, et après tout ce n'est peut-être pas si débile.

Cette nuit, j'ai fait un rêve étrange. J'étais assis au bord d'un lit d'enfant, m'apprêtant à le border. Dans ce lit, c'était moi. Moi à quelques mois, moi bébé à qui je caressais le nez avec le mien comme on fait aux tout-petits, comme Nanna assurait que c'était la façon chez les Inuits de se dire bonjour. Debout, face à moi, mes parents regardaient, souriaient, tous deux heureux de ces retrouvailles. Je ne distinguais pas leurs visages, seulement leur joie.

J'ai pensé à Barbro au réveil sans pouvoir me retenir de pleurer, coupable à perpétuité de n'avoir su la sauver, de n'avoir pu la rendre heureuse, d'avoir été méchant parfois comme un enfant turbulent. Coupable d'avoir violé mon enfance, grandi plus vite que les autres, d'être devenu adulte pour échapper à cet état qui était le mien. Souvent je me dis que si j'ai été parfois odieux avec ma mère c'était pour m'éloigner ou l'éloigner, pour rendre la rupture plus facile, sa mort à venir que je pressentais moins douloureuse. C'était un bouclier, on se protège comme on peut, certains sont plus forts et même s'ils souffrent restent doux et ouverts. Les gens égoïstes ne sont que des gens plus faibles que les autres, ils ont peur de se faire bouffer se faire écraser, c'est un réflexe défensif, au fond, de ne parler que de soi, c'est l'illusion d'une domination, une illusion seulement.

Avec Nanna non plus je n'ai pas été bon. Le respect que l'on a pour les anciens m'était étranger, elle avait remplacé Barbro alors elle devait tout encaisser. J'ai longtemps souffert de ma colère, celle que j'avais de ne pas apprécier les moments agréables au moment où je les vivais, je ne savais pas le faire je ne pouvais pas, parfois je voulais passer du temps avec Nanna en me disant Bon allez cet après-midi je vais être gentil je ne vais pas m'énerver mais ça ne fonctionnait pas, d'emblée elle m'agaçait, je m'agaçais. Je voulais tout faire valser, sa surdité ses oublis, je me disais Bon Dieu je n'ai personne sur qui compter. Le soir, au moment de me coucher, la culpabilité éclatait plus fort encore : celle de n'avoir pas réussi à me contenir, à lui dire combien elle comptait ni seulement que je l'aimais. Je me le reprochais à moi-même, et dans cette pensée si profonde alors j'espérais qu'elle puisse l'entendre, que les esprits se rencontrent comme le hasard qui fait que parfois on appelle quelqu'un qui nous dit Tiens ça alors, j'allais justement t'appeler. Je l'aimais dans la paralysie d'une enfance ombragée par un fantôme, le fantôme écrasant d'un éléphant assis au milieu de la pièce dont on ne pouvait parler. Tu comprends ? Barbro était un éléphant invisible, au milieu de toutes les pièces de l'appartement elle était là mais on ne la voyait pas, on ne lui parlait pas on n'en parlait pas. J'étouffais. Parce que Barbro n'était plus là, impensable d'être heureux. Comment être heureux après le suicide de sa mère, ç'aurait été obscène, on aurait dit quoi, Ah ben dis donc ça va il n'a pas l'air traumatisé ce gosse sa mère est morte mais il n'a pas l'air accablé peut-être même qu'il est heureux en tout cas on dirait regardez comme il joue comme il sourit comme il couvre sa grand-mère de baisers. Alors, pour m'endormir, je me promettais de tout changer, d'arrêter enfin d'être con, je me disais La vie est courte et je m'en voudrais trop, à la mort de Nanna, de me dire Tu l'as fait souffrir à son tour elle aussi. Je me promettais d'être apaisé dès le lendemain, et tout recommençait au matin.

Pappa

Stockholm,
le 15 juin 2023,

Pappa,
Je reviens du cimetière où je suis allée voir la tombe d'Elvin - une éternité que je n'y avais pas mis les pieds. Comme il a plu ces derniers jours, je me suis dit que c'était toi qui avais peut-être enlevé le pot de bruyère, même si je trouvais ça bizarre. J'ai demandé au gardien s'il t'avait vu, il m'a dit que non. On s'est encore fait piquer le pot de fleurs ! Qu'a-t-on dans le cœur pour voler les fleurs des morts ? Je vais tout à l'heure en racheter un sur lequel j'écrirai le nom au marqueur indélébile, mais tu vas voir que ça ne découragera pas certains... J'ai fait attention en repartant : de plus en plus de pots sont soudés à leur tombe.

Je passerai ce week-end chercher Edgar. Ce n'est pas un chat si facile, et il vaut mieux que tu t'occupes davantage de toi que de t'embêter avec lui. Puis tu sais que j'ai un jardin, c'est toujours plus humain, et les enfants seront ravis d'avoir un chat tous les jours avec eux. Tu passeras quand tu veux pour le voir évidemment, ça te ferait du bien d'ailleurs de sortir plus souvent.

À part ça, j'ai eu la boîte de ménage, c'est réglé : une dame viendra chez toi deux heures par semaine.

On a décidé de partir quelques jours. On en a besoin, on va sans doute rouler jusqu'à Copenhague, on l'a déjà fait quand on était jeunes et je crois que c'est ce qu'il nous faut en ce moment, être jeunes ne serait-ce que quelques jours. Si tu veux, on partira un peu nous deux cet été, ça te dirait ? Je viendrais te chercher en voiture, rien de compliqué, Jessica pourrait sans doute garder Edgar, on pourrait descendre un peu au sud. On regardera comme on faisait les devantures d'agences immobilières, en critiquant les maisons trop chères.

Je te dis donc à samedi ou dimanche et t'embrasse,
Robine

Lambesc,
le 1er juillet 2023,

Ma chérie,
Mes meubles, tu le sais, n'avaient aucune valeur, alors j'ai tout laissé sur le trottoir. Les encombrants sont passés à l'aube. J'imagine ta surprise en entrant dans l'appartement, mais dis-toi que je suis où je devais être.

J'ai quitté l'appartement comme on quitte quelqu'un qu'on ne verra plus. J'avais tout préparé hier, ne me restait qu'à emporter mes bagages desquels j'avais sorti mes habits pour aujourd'hui. En sortant de la douche ce matin, j'ai comme pour la première fois vu mon visage, effrayant, transparent. Je n'ai plus aucune idée de ce que je suis ou ne suis pas. Les os de mes joues semblaient vouloir les percer et je me suis demandé C'est moi, ça ? J'ai tourné la clef dans la serrure aussi silencieusement que possible, et à mesure que je descendais la cage d'escalier la possibilité de faire demi-tour s'éloignait. Depuis le trottoir, j'ai vérifié que j'avais bien fermé tous les volets. Ceux de mes voisins l'étaient aussi, la ville dormait encore. J'ai marché jusqu'à l'arrêt de bus que tu connais, à quelques mètres, demandé un ticket au chauffeur sans penser que je n'avais pas de monnaie alors il me l'a offert. Il a peut-être eu pitié de moi, mais pourtant je sentais la joie monter, mes épaules se dégourdir. On a causé quelques minutes, des travaux de la rue et de l'été qui tarde, avant qu'il ne me dépose là où l'on prend la navette pour l'aéroport. À bord, pas plus de monde que dans le bus, il était toujours trop tôt. Ça m'a rappelé mon enfance, d'observer les passants derrière la vitre, quand dans le tramway je regardais dehors et m'employais aux feux rouges à imaginer la vie de ceux que je croisais pour retarder l'école, la vie à venir d'enfants qui pleuraient la main dans celle de leur parent, l'existence passée, remplie ou non, d'un vieux qui peinait à traverser. Comment peut-on devenir comme ça je m'interrogeais, comment arriver jusque-là comment faire pour que mon cœur ne s'arrête pas avant d'en être là, est-ce que c'est possible est-ce que j'y arriverais ?

Dans un roman de Baldwin, un Américain déménageait comme moi pour la Provence. Il partait loin, quittait pour toujours la grisaille et concluait : « Il fera bon dans le Sud. »

Dehors, le soleil monte, l'ombre grandit. J'écris sous un vieux poirier dont les feuilles bruissent. Longtemps j'ai pensé que ma mère s'était cachée près d'ici, à l'abri de la montagne Sainte-Victoire. Barbro évaporée avec l'eau du lavoir.

La maison est trop grande pour moi. Au rez-de-chaussée, les tomettes recouvrent le sol de la grande salle. Dans l'âtre de la cheminée de larges bougies remplacent les bûches. À l'étage, les trois chambres qui craquent donnent sur le jardin jauni. Le Midi de la France s'étale, des lauriers-roses aux cyprès. À peine arrivé je suis allé me promener sur le sentier bordé de quelques coquelicots, derrière la bâtisse. Un grand oiseau m'a survolé, un aigle ou une buse qui tenait entre ses griffes une couleuvre. Les champs, de part et d'autre, étaient déserts.

Tu sais que je n'ai pas le goût du mystère : si je ne te donne pas mon adresse c'est que cette maison ne sera pas longtemps la mienne. J'espère qu'un jour tu me pardonneras.

Je t'embrasse toujours, et tes enfants à travers toi.
Pappa

Que de la gueule. C'est ce que disent les jeunes aujourd'hui, je l'ai entendu dans la rue l'autre jour, Que de la gueule. Je me suis dégonflé. C'est quand la mort est à portée de main qu'elle nous vaccine, ma psy avait raison : rien de tel que sa piqûre pour en guérir.

J'avais pourtant tout fait dans les règles de l'art, à commencer par un mot pour Robine. Les gens qui se suicident sans laisser de mot sont égoïstes. Une dernière marche hier au pied de la montagne, libéré d'un poids, un dernier jour léger. J'avançais sans réfléchir, ne sentais ni mes jambes ni mes pieds, pleinement conscient de l'air et du soleil, concentré sur le seul paysage l'effort m'était indolore. J'avais étudié les dosages du cocktail et le soir disposé sur la table de nuit toutes les boîtes, les unes sur les autres. C'était fini. L'envie était partie, j'allais écrire comme elle était venue mais au contraire elle était venue lentement si lentement depuis des années des décennies. J'ai repensé à la marche l'après-midi et la chaleur, une chaleur de bête, il faisait le soir encore trop chaud alors j'ai senti un désir monter en moi, un désir fort comme un manque amoureux : je voulais revoir la pluie. L'idée de ne plus sentir la pluie m'apparut intolérable. Sentir sur ma peau couler l'eau, je me suis dit J'ai une envie. On ne peut pas se suicider quand il reste une envie, ne serait-ce qu'une envie de pluie.

Ces papiers iront au feu. Je vais en allumer un parce que j'ai froid un 2 juillet, parce que je voudrais entendre l'orage dehors et les gouttes tomber sur le toit. Me revient ce jour gris où ma mère présenta ma sœur âgée de quelques heures à des gens venus la voir, des voisins sans doute. Après moi, ma mère avait fait une fausse couche avant de tomber enceinte une seconde fois. Quand elle leur présenta Annike, elle dit Voilà, celui-ci je l'ai réussi ! et j'ai longtemps cru qu'elle pensait m'avoir raté.

Quand j'étais petit je pensais qu'une fois grand je serais différent, que la vie serait différente, qu'on n'est pas le même adulte qu'on est enfant, que cet âge-là n'est pas un prolongement de soi mais un autre monde. De la même façon je pensais qu'une fois vieux on devenait un autre encore, forcément sage. Je ne savais pas qu'une seule vie ne suffit pas, qu'on n'est toujours qu'un seul et même soi-même. Certains s'en vont ou se déguisent, inventent ou meurent. Je pensais que le vieux Björn se lèverait un matin, un beau matin réveillé par un couperet, la conscience enfin du temps venu, le moment de regarder derrière lui, sommé de répondre à la question qui depuis l'enfance le terrifiait : ai-je ou non réussi ?

On n'est jamais que soi, persuadé que l'on peut faire ce qu'on veut de son existence, qu'on la choisit la décide alors qu'on ne choisit rien ne décide rien, on est toujours celui qui pleurait à trois ans ou cinq ou neuf dans la garderie de l'école en attendant sa mère, celui qui se demande quand sa mère viendra le chercher, pourquoi elle n'est pas encore là ? On pleure pour qu'elle revienne, Maman qui nous embrasse et tend les bras. On saute de joie, on saute au cou de sa mère qui vient nous chercher à la garderie et on ne pense pas alors qu'elle ne sera un jour plus là, qu'elle ne viendra plus nous chercher à la garderie, ne sèchera plus nos larmes ni ne répondra au téléphone.

M'est venu cette nuit un sujet de livre, comme si j'allais écrire un roman, j'en suis bien incapable mais j'aime y croire. Nanna m'avait dit un jour qu'elle imaginait parfois des premières phrases de romans, uniquement des premières phrases, elle n'allait jamais plus loin mais aimait ça, moi je n'ai pas pensé à une phrase mais un sujet. L'histoire serait celle d'une chanteuse et s'appellerait *La Voix*, l'histoire d'une chanteuse d'opéra d'aujourd'hui, une chanteuse lyrique qui raconterait sa vie. Elle serait jeune et très douée, de Stockholm aurait bâti une carrière à l'étranger, amenée à parcourir le monde avec le répertoire que l'on connaît, elle serait heureuse la première fois qu'on lui proposerait *Norma* de Bellini parce que c'est un rôle difficile et mythique et un accomplissement, elle serait heureuse surtout la première fois qu'elle jouerait *La Traviata*, l'opéra qui lui aurait fait aimer l'opéra, celui qu'elle aurait entendu chez sa grand-mère la première fois, un jour de sa huitième année, un opéra qu'elle n'aurait pas spécialement aimé cette première fois mais qui désormais lui rappellerait l'enfance et dans lequel elle trouverait la naissance de sa vocation, un storytelling, une narration à raconter aux autres et à elle-même parce que les gens aiment les récits, les significations, comprendre une équation logique comme si la vie n'était pas faite que d'éléments hasardeux qui se suivent et se superposent. Cette chanteuse nous raconterait ainsi son monde, son existence qu'on imaginerait fastueuse. Au fur et à mesure des pages, la narratrice apparaîtrait incohérente, jusqu'à ce qu'on se demande où se niche la vérité. *La Voix* serait, on le comprendrait enfin, la voix qu'elle entend, les voix qui habitent son esprit et lui ont permis, à elle internée depuis des années, de s'inventer.

Via Fleming, 101,
le 16 mars 1976,

Que viennent de nouvelles luttes et de nouvelles douleurs et de nouvelles chances et puis de nouveau les amertumes, les illusions. Mais pourvu que ce soit nouveau, désintéressé et pur. Le croirais-tu ? Quel terrible besoin de pureté, de limpidité, d'intelligence, de celle toutefois qui me semble la plus précieuse, je veux dire celle du cœur.

Je reviens à mon cœur primitif, au *Roman d'Angelo* écrit dans ma jeunesse et depuis oublié : « Cette promiscuité l'indisposait au point qu'il se sentait complètement indisposé contre l'intrus ; et en même temps que cette indignation blessante, une mélancolie se répandait dans l'esprit de l'enfant, y trouvant un refuge profond. »

Fors l'écriture, tout ne m'apparaît plus qu'accessoire, si ce n'est ridicule. Il en est ainsi à la fin d'*À la Recherche du temps perdu* de « la vie enfin découverte et éclaircie, la seule vie par conséquent pleinement vécue, la littérature ». Je ne vois désormais d'autre lieu où poser mon chevalet, tableau de l'or et de la misère, les deux joues d'un seul visage où j'ai voulu poser mes lèvres. Souvent je me désole, pleurant de n'être jamais l'égal de ceux que j'admirais, Camus, Boito, Lampedusa, Proust au premier rang de sa cathédrale de dentelle, douce comme les plumes de Russie et de Rousseau. Si j'ai parfois fait des confessions dans ces carnets, c'est que j'ai tenté ma vie entière d'agir avec sincérité. Impensable eût été le mensonge ; ce fut ma réponse, à laquelle j'ai souvent repensé, quand on me demanda un jour, à Paris, une seule de mes qualités. « L'honnêteté », abondait le journaliste qui me voulait « poète des pauvres ». Mais alors ? le Caravaggio dans sa course à l'abîme, Paso et ses anges distraits, mon père même qui nourrissait son village en embrassant la reine ? Que de bêtises ont été dites, masques grossiers des contradictions que l'on voulait souligner : quelqu'un comme moi ne pouvait penser de cette façon-là, de celle-ci, le comte rouge n'affichait-il pas un visage arrogant et ironique ?... Paroles de chroniqueurs. Ce ne sont pas des gens de cinéma mais des envieux qui pensent que l'on vit parmi les femmes et les millions, et détestent ce qu'ils prétendent servir. J'ai toujours voté à gauche parce que je pense à gauche, parce que je suis de gauche, mais qu'on dise bien ce qu'on veut. Je garde en tête cette phrase de Gide, à propos d'un écrivain aujourd'hui oublié : « Il porte en lui de quoi désorienter et surprendre, c'est-à-dire de quoi durer. » À l'instar du *Baron perché* de Calvino, le jeune Côme Laverse du Rondeau, né près de Gênes au mitan du XVIIIe, j'ai grimpé à mon arbre pour ne plus en descendre.

Le cinéma n'est jamais de l'art, c'est un labeur presque mortel. Mon premier film a ouvert le chemin du néoréalisme. Au fond, ce ne sont comme tant d'autres avant et après moi que les intermittences du cœur que j'ai tenté de peindre. Si l'on m'a détesté ou célébré, certains n'ont fait que m'imiter – *Desiderio*, de Rossellini, est une pâle copie de mes *Amants diaboliques*, pellicule frappée de censure par le ministre de la Culture d'alors qui me traita de dégénéré et m'offrit ainsi une publicité inespérée. Visconti, c'est moi. Resterai-je davantage dans les mémoires que Fellini, que je n'ai jamais compris ? Leur amitié, à Rossellini et lui, m'a souvent rendu jaloux.

N'importe, c'est à Paris que je me suis d'abord senti accueilli. J'y ai connu le succès du théâtre, avec Romy et Alain dont l'inexpérience servit aux personnages. Je dus tout leur apprendre : marcher, bouger, parler, occuper la scène. Tout ! *Dommage qu'elle soit une putain* devait en 1961 être un triomphe, la meilleure pièce de John Ford dont j'avais moi-même dessiné les décors inspirés de ceux du théâtre Farnèse de Parme. Delon, Gassman, Mastroianni, toi Helmut aujourd'hui, tous des acteurs que j'ai formés ! Des jeunes gens qui avaient la splendeur en commun, ombrageuse ou virginale. Mais c'était il y a quinze ans et la pièce ne fut pas comprise, pas même des critiques de la Ville lumière. Peut-être allais-je trop loin, sans doute avais-je de l'avance. Un frère aimait sa sœur, Giovanni aimait Annabella et les menait à leur mort, Éros donc Thanatos. Un inceste que Ford ne condamne pas - pourquoi le ferait-il, sinon pour affaiblir son verbe. La critique, du reste, que dit-elle en 1626, à Londres, à l'issue de la première ? Le courage comme le génie de Ford sont oubliés ; il n'est de juge plus cruel que la postérité.

Alors on a dit le monstre Visconti, le sang des bourreaux dans ses veines coule toujours, le sang bleu de ceux qui ont tout pris. Il hurle contre lui, aboie derrière elle… Il maltraite les acteurs. Giancarlo Giannini en a il y a peu fait les frais pour *L'Innocent*. Même Suso, ma fidèle Suso (le public oublie l'importance des scénaristes : l'image n'est pas si elle n'est d'abord écrite) s'inquiète de mes emportements. Quoi qu'il en soit, je suis comme le vieux professeur de *La Confusion des sentiments*, incapable à présent de me concentrer, ramené au pathétique état d'« homme des instants brefs », mal de notre temps... Du reste, qui voudrait s'éterniser ici ? Pasolini est mort l'année dernière, assassiné sur la plage d'Ostie. Depuis bientôt dix ans, les attentats se multiplient, et je ne donne pas cher de la peau d'Aldo Moro, ni ici ni ailleurs. La mort s'approche de la tête du chat qu'elle veut caresser et moi je lui souffle d'attendre. La main se posera bien assez tôt pour l'emporter.

Le félin n'a derrière lui de famille, seuls des cœurs controuvés qui l'ont souvent essoufflé, son armée de damnés. Je pense à Rampling chez qui, comme chez Romy, tout passait par le regard. Elle utilisait son drame, ne parlait qu'à sa sœur perdue, permanence fantomatique de son chagrin. Comme elle, Björn parlait peu, semblait au fond ne pas comprendre ce qu'il faisait. Quand le doute me venait - un autre aurait-il été meilleur ? -, il était aussitôt chassé par le sentiment rare et grave d'admiration. Il me semblait aussi, mais peut-être me trompais-je, que j'étais avec lui plus tolérant qu'avec les autres. « Je te giflerais si tu me parlais comme tu t'adresses à tes acteurs », m'avait assuré Maria et sa menace m'habitait. Lentement, je me laissais aller à marcher dans les pas d'Aschenbach. J'étais le vieux musicien foudroyé par le miracle de Ganymède. Un dieu métamorphosé, emportant vers l'Olympe le plus beau des mortels.

La facilité ennuie à mort, seul le travail épanouit. *Tonio Kröger*, encore : « Il ne travaillait pas comme quelqu'un qui travaille pour vivre, mais comme quelqu'un qui ne veut rien faire d'autre que travailler, parce qu'il ne se compte pour rien en tant qu'être vivant, ne veut être considéré que comme créateur. » Zweig voulait quant à lui « créer tant qu'il fait jour ». Il n'y a que ceux qui s'abandonnent à leur labeur qui se disent paresseux, les autres baissent le front. Je dois cet ultime effort à la littérature que je me suis attaché à filmer depuis le premier jour, depuis *Ossessione* que je tirais de James M. Cain, tourné en 1942 grâce à la vente des bijoux de ma mère. J'ai essayé de bousculer, de raconter les défaites, ceux qui n'ont pas pu. Peut-être aurais-je dû en faire moins, ne faire que l'essentiel : puisse Camus pardonner mon *Étranger* qu'il m'aurait fallu laisser en paix. On est si façonné par les œuvres qui nous construisent que je crois désormais que l'on ne peut être un grand metteur en scène que si l'on est vierge de toute influence, de toute création avant soi. Le but de chaque artiste est de tendre vers l'innocence. Sans doute ai-je échoué sur toute la ligne, aussi me faudrait-il une seconde chance. J'ai souvent réfléchi à mon épitaphe, mais aujourd'hui me revient cette phrase de Bergson à propos des personnages de Cervantès : « Leurs vies sont celles qu'il aurait pu vivre s'il avait vécu cinquante fois et non une seule. »

Je suis venu au monde il y a soixante-dix ans, par une coïncidence scandaleuse, à 8 heures du soir un jour des Morts. Le mauvais augure m'est attaché. Partir un 17 mars sera plus heureux.

Helmut, tu lis ces lignes alors que je ne suis plus. Je ne voulais pas que tu sois là ; ma mère elle aussi partit sans rien dire et sans doute me donne-t-elle l'exemple une dernière fois. Si je t'ai aujourd'hui conseillé de prendre un avion pour Rio et de rejoindre Florinda c'est que je sais que le jour se lèvera demain sans moi. Uberta est là qui va passer la nuit à mes côtés. Je suis certain comme je le fus, ce soir de tournage à Volterra, près de Florence. Christopher Marlowe avait raison : « *Who ever loved, that loved not at first sight?* » Tu étais là par hasard, tombé dans la rue sur le tournage de *Sandra* alors que tu te rendais à Assise. Tu es resté alors que la nuit tombait ; tu avais froid, je t'ai fait porter un châle et proposé de déjeuner le lendemain. À ma surprise tu es venu, et depuis tu es resté. J'ai su que je ne voudrais jamais te quitter et te l'ai dit. Tu ne pris pas peur mais parus au contraire amusé, séduit par l'audace que l'on revêt trop souvent des habits de la folie. J'avais promis à d'autres avant toi mais étais souvent parti. J'en ai aimé d'autres après toi, mais je sais que toi aussi. Si je n'ai jamais pu l'oublier, lui, c'est que l'amour fut impossible, tu l'as compris. Je te demande de détruire les lettres de la valise, celles que j'écrivais le soir. Dans la nuit de la lagune, la lueur de la lune m'offrait ce que le jour refusait. J'en garde le souvenir des feux de Saint-Elme.

J'espère t'avoir bien élevé, mon petit Autrichien, toi qui venais de si loin, mirliflore perdu dans un pauvre hôtel de luxe. Sois indulgent, n'en veux pas à ton aîné de trente-huit ans qui s'en va bien avant toi. Sois sage. Marie-toi, refuse le rôle de la veuve éplorée. Prends mon lit au cadre de laiton, celui dans lequel tu me rejoignais via Salaria, notre maison voisine de celle où était née la Magnani, où j'ai donné à tes bras le repos qu'ils réclamaient, où durant douze ans j'ai feint d'ignorer celles qu'ailleurs tu embrassais. Je pense à Aragon écrivant à Elsa après leur dernier *Voyage de Hollande* : « Le monde n'est qu'un lit immense et pour nous deux trop étroit / Où ne me guide que vaguement le gémir de ta bouche »...

Un jour, quand à ton tour tu seras vieux, s'il te plaît reviens, et jette mes cendres dans la baie de Naples.

Maintenant, c'en est assez. J'ai donné à mon nom un jour juste et sérieux. Je porte mon regard vers ses yeux couleur de l'eau.

Stockholm,
le 31 août 2023,

« L'artiste est un chasseur, œuvrant dans l'obscurité. » On avait interrogé Visconti à propos de cette phrase d'Aschenbach : à qui le vieux musicien faisait-il référence ? à lui seulement ? Ne pouvait-on deviner en creux le portrait de son créateur ? « Vous pouvez la mettre au compte de qui vous voulez », avait balayé le maître d'un éclat de rire. La question semblait ne pas en être une, une question rhétorique seulement, une question comme une autre à une époque qui regardait ailleurs. L'artiste, ma chérie, était un seigneur, et parcourait ses terres en grand veneur. Le cinéma était son temps retrouvé : le duc de Milan régnait sur des sujets de pellicule parés de bijoux époussetés, poupées de chiffon et bals en carton. L'art, ma chérie, était une divinité à qui l'on devait des sacrifices.

Repassait hier soir à la télé *Bellissima*. Je ne l'avais jamais vu, j'ai toujours plus ou moins évité les films de Visconti bien qu'il m'ait lui-même parlé de celui-là, sorti en 1951. J'ai compris pourquoi il avait tenu à me le raconter, le premier soir, dans sa chambre du Grand Hôtel des Bains.

Maddalena Cecconi vit dans un quartier pauvre de Rome avec sa fille et son mari qui la bat. Un jour, le ciel s'éclaircit lorsqu'elle apprend la nouvelle : le grand metteur en scène Blasetti cherche une fillette pour le rôle principal de son nouveau film. Anna Magnani incarne l'Italie tout entière au sortir de la guerre, une volonté de fer, la volubilité nécessaire à la survie. Anna-Maddalena se ruine pour que sa fille soit la mieux coiffée, la mieux habillée, paye un escroc qui lui promet la réussite, et assiste en cachette au visionnage des essais de sa petite Maria. Une jeune employée des studios la met en garde : « Tant de gens ont mal fini, pensant qu'ils réussiraient dans le cinéma... » Face à la caméra, l'enfant n'est pas à l'aise, ne peut chasser son cheveu sur la langue et, alors qu'elle récite un poème sur Venise, éclate en sanglots. Le réalisateur et son équipe sont hilares. Maddalena perd ses illusions sur-le-champ et refuse finalement, alors que Maria est retenue pour le rôle, de la laisser faire du cinéma. Une fois rentrée chez elle, Maddalena s'attend à ce que son mari la frappe de nouveau, l'accuse d'avoir tiré un trait sur les deux cent cinquante mille lires offertes par le film, or il l'étreint et l'embrasse. Sur la dernière image, Maria s'est endormie, une perle de sueur glisse sur son front. Il est tard. On entend chuchoter sa mère : « Ne réveille pas l'enfant. »

À sa sortie, Visconti déclare : « Nous mettons des illusions dans la tête des mères et des jeunes filles. Nous prenons des gens dans la rue et nous avons tort. Nous vendons un élixir d'amour qui n'est pas un élixir. »

A-t-on seulement oublié que les enfants au matin se réveillent ? J'ai pris rendez-vous chez le coiffeur. Fini les cheveux longs, les mains sales et les murs noirs. Je respire le parfum de la peinture fraîche. Depuis les fenêtres de mon nouvel appartement, je peux voir le soleil se lever. Les fondations de cet immeuble, je le sens, sont plus solides. On garde ses bagages contre soi quand la terre tremble, alors on se répète les vers appris par cœur pour que jamais le vent ne les vole.

Quel dieu, quel moissonneur de l'éternel été,
Avait, en s'en allant, négligemment jeté
Cette faucille d'or dans le champ des étoiles.

Le poète revoyait la glaneuse et le paysan, sa barbe d'argent comme un ruisseau d'avril, l'ange à l'ombre auguste et solennelle. À l'heure où le serpent s'éclipse, le garçon suce sa morsure. *Mais dans l'œil du vieillard on voit de la lumière.*

La guivre des Visconti, armoiries des seigneurs
et ducs de Milan.

À côté des textes cités dans ce roman, que soient mentionnés ceux qui lui furent de précieux compagnons et leurs auteurs remerciés : *Luchino Visconti, les promesses du crépuscule*, Véronique Bergen (Les Impressions nouvelles) ; *70e Anniversaire*, Helmut Berger, avec Holde Heuer (Séguier) ; *Lettres et Mémoires*, Maria Callas (Albin Michel) ; *Visconti*, Giuseppe Ferrara (Seghers) ; *Luchino Visconti, Mort à Venise*, Marie-Laure Guétin et Olivier Maillart (Atlande) ; *Proust, roman familial*, Laure Murat (Robert Laffont) ; *Visconti, une vie exposée*, Laurence Schifano (Folio) ; *Jeune Fille*, Anne Wiazemsky (Folio).

Le premier paragraphe de la page 210 est extrait d'une véritable lettre de Luchino Visconti, adressée à l'écrivain et metteur en scène Giuseppe Patroni Griffi – dans *Visconti, une vie exposée*. Les vers de la page 219 sont de Victor Hugo, dans *Booz endormi*.

Préparation de copie : Sophie Loria
Correction : Sophie Roller
Maquette de couverture & réinterprétation du blason Visconti :
Raphaëlle Faguer
Fabrication : Marine Garguy & Sébastien Dos Santos
Composition et mise en pages : Nord Compo à Villeneuve-d'Ascq
Photograveur : IGS-CP

Photographie de couverture : © A. J. Hamilton

Achevé d'imprimer en France
par CPI Firmin-Didot
en mai 2024
N° d'impression : 179698